U0053121

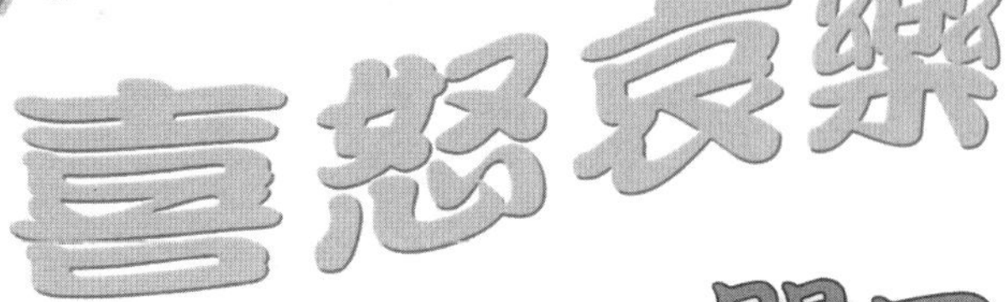

英語喜怒哀樂開口說

大內博
大內ジャネット 著
何信彰 譯

三民書局

Original material: Copyright © Hiroshi Ohuchi and Janet Ohuchi, 2001
Chinese translation copyright ©2003 by San Min Book Co., Ltd.
This translation of *Expressing Your Feelings in English*
originally published in Japanese in 2001 is published
by arrangement with Kenkyusha Limited

前言

或許有些人會說，要將感受到的事物用言語表現出來不會太慢嗎？用臉部表情或是肢體語言、手勢等不是能更自然地表現出情感嗎？的確如此。不論是喜怒或哀傷，感情都會從肢體動作中最先顯現出來，在自己都尚未真正意識到之前，這種非語言行為便會在不知不覺中流露出來。

問題是：當你想要將自己強烈的感受傳達給對方，或是你打算解決某些事情時，光靠肢體語言是絕對不夠的。當你對對方的行為舉止感到失望，只是默默地投以失望的眼光，還不如大聲地說出I am disappointed in you.，這樣雙方或許反而能夠開始敞開心胸暢談。當你內心充滿了感激，若能以I am really grateful to you. 來表達心中感謝的心情，相信必能傳達出僅靠肢體所無法傳達的感情。

本書將各種情況下的情感表現，透過一來一往的對話真實呈現。誠如日本人在國際上所得到的評價reserved (矜持內向的) 一樣，日本人的確不是善於表達情感的民族，更何況，要以不熟悉的英語來表達，那真是難上加難。

正因如此，若能依不同的狀況記住適當的英語情感表現方式的話，不是能讓彼此的溝通更為豐富嗎？就是這樣的想法促成了本書的誕生，我將兩年來在《時事英語研究》雜誌上所刊載的專欄加以潤飾而集結成本書，我們期望讀者們能因學習本書而就此改寫reserved的評價，若能藉由情感表現的學習，將豐富的感情完整地表達出來的話，那真是最美好的結果。

大内 博
大内ジャネット

目次

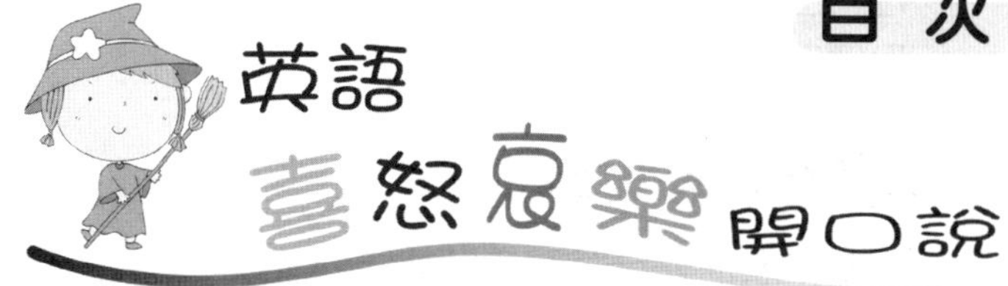

英語喜怒哀樂開口說

1 喜悅的表現

喜悅要如何用言語表現，會依文化的不同、語言的不同而迥異，也會因每個人的使用習慣而有不一樣的表現。就如同每個人有不同的個性一樣，人們所使用的字彙也具有獨特的個性，真是有趣。

但是，當不是以英文為母語的我們要用英語表現喜悅時，畢竟，知識的累積還是有限，若能依不同的狀況將喜歡的說法記下來，在適當的時候絕對可以派上用場。形容非常高興的時候，I feel like I'm on top of the world.等制式的用法也能幫上忙哦！

❖「快樂」的情感表現

講到「快樂」的話，第一個浮現的就是**happy**這個字。首先，若要表現自己感到很快樂的話，相信大家都會想到**I'm happy.**或是**I feel so happy.**等極為簡單的用法。但若要表現出為對方的事感到高興的話，則**I'm so happy for you.**能生動地傳達出意思。

happy是表現整個人都很快樂，相對地，若要表現快樂只是暫時的情緒狀態時則要用以下的表現方式：

- she was **in a good mood** today.
  她今天心情不錯。

此外，還有**cheerful** 這個字，中文通常譯成「愉快的」、「開朗的」。這個字是指在happy 的心理狀態下，將這樣的心情化為行動時所表現出來的愉悅。例如："Hello, everybody", she said **cheerfully**.，這句話當中的**cheerfully**指的就是將心情化為行動時所表現出來的愉悅。

❖「興高采烈」I'm on top of the world.

言語的表現雖然會因為語言的不同而相異，但是，不同的語言之間，有時也會基於相同的想法而有相近的表現。例如中文說「興高采烈」、「high到最高點」，英文中同樣地也以高度來表現，只是更為具體地使用**on top of the world**而已，其語意就如同字面所示「在世界的頂點」。

接下來，我們來看看在會話中是如何應用的。

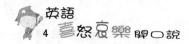

Betty: Hey, Alison, you look extremely **happy** today.

Alison: Betty, **I'm on top of the world.** Jason just asked me to marry him!

Betty: Alison! That's wonderful! **I'm so happy for you.** You make a great couple!

Alison: I couldn't be happier.

譯

貝　蒂：愛麗森，妳今天看起來滿面春風喔。

愛麗森：貝蒂，我是全世界最幸福的人，傑生剛才向我求婚！

貝　蒂：愛麗森！真是太棒了！我真替妳高興，你們倆非常登對！

愛麗森：我實在太高興了。

I couldn't be happier. 的說法也值得注意，could為假設語氣，整句話表示「我不可能比現在更幸福快樂」之意。相同的語意也可以用**blissfully happy**（幸福無比）的說法。

- She just got married and she's **blissfully happy.**
  她剛結婚而且幸福無比。

❖「使他人幸福」的表現

談戀愛的人總是沉浸在幸福中，自然也希望能為對方帶來幸福。

- I want to **make you happy**.
  我想使你幸福。
- I would do anything to **make you happy**.
  為了讓你幸福，我願為你做任何事。

「讓某人幸福快樂」的語意有時也可以使用 **cheer** 這個字，但是，因為cheer是「使有精神」之意，所以語感偏向「使高興」之意。

- I tried to **cheer him up** by telling a silly joke.
  我試著說一個蠢笑話讓他高興起來。

「讓某人高興起來」的語意也可以使用 **raise [lift] one's spirits** 的說法。但這種表現通常用在安慰因某些悲傷的事而消沉的人，「使其振奮精神」之意。

- There was nothing we could do to **raise his spirits**.
  我們做任何事都無法令他振作起來。

❖ That'll make my day.

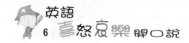

雖然上面的句子中沒有任何一個字有「愉悅」的意思，但整體卻是「那令我感到非常愉悅」之意，**That'll make my day.** 就是這樣奇妙的句子。that 所指的大多是令自己感到愉悅的原因。接下來我們來看一則上司與祕書的對話。

TRACK No.3

Boss: Good morning, Mildred, You have something for me?

Secretary: Yes, I forgot to mention that one of your clients has apparently been bragging about your many talents to the office of the governor.

Boss: Is that so?

Secretary: Yes, Mr. Bennet, and I got a message this morning that they'd like to meet with you to discuss your architectural ideas.

Boss: Well, **that'll make my day!**

譯

上司：早安啊，蜜德莉，有事嗎？

祕書：有，我忘了跟你說，看來有個客戶向總裁稱讚你的各樣才能。

上司：真的嗎？

祕書：沒錯，班奈特先生，而且我今天早上接到留言，他們想要和你見面當面討論你的建築計劃。

上司：看來我可以高興一整天了！

make one's day 是非常口語且生動的表現方式。若需要比較說明性的表現方式，也有**put someone in a good mood**的說法。

- Tell him he's good looking. That'll **put him in a good mood**.
- Tell him he's good looking. That'll **make his day**.

基本上，上面兩個例句都表現出非常愉悅的感覺，但語感還是有些微的差異。put him in a good mood 給人一種「使他心情好」的感覺，make his day 則語意更為寬廣，似乎傳達了「為他做～，令他這一整天都愉悅滿足」。

❖ 具有「愉悅」性格的人

通常，講到「愉悅」大多使用描述狀況的說法，其實，也可以用以描述人的性格。之前我們已經介紹過「開朗的」的英文表現可以用cheerful 這個字。此外，也可以用**sunny**這個字來表現。

She's got such a **sunny disposition**.為「她個性開朗」之意。sunny為「像太陽般明亮的」之意，如同太陽的光線一般，幸福降臨在她身上。**disposition**為「性情、性向、特質」之意，經常與sunny連用。

2 悲傷的表現

用言語表現悲傷的情緒本來就是件困難的事，何況要用我們不熟悉的語言來表達時，更是難上加難。有一位美國的精神科醫生曾經這麼說過：面對臨終之人沒有什麼一定該怎樣說的話。最重要的是使自己的心也能安然地面對死亡，抱持這樣的心理狀態就能自然而然地說出適宜的話。

對於學習英語的我們來說，即使無法達到這樣的境界，也希望大家能夠先知道，碰到這樣的時候你該如何去應對。

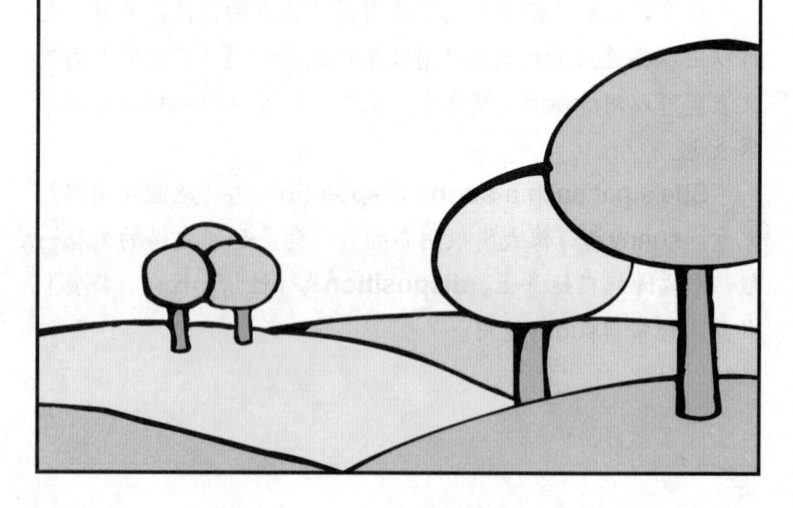

❖ sad——幸福遠去的悲傷

表現悲傷的心情時，最常使用的恐怕就是**sad**了吧。不論是想到發生在自己或他人身上不好的事，或是幸福的狀態結束時，都可以用這個字來描寫當時的心情。以下舉出一些例句。讓我們來看看sad的各種用法。

- I felt very **sad** as I said goodbye to her for the last time.
  最後一次和她道別，我心中非常傷感。
- It always makes me feel **sad** when I think of these street children.
  一想到街頭流浪兒，我心中就很難過。
- All the children were **sad** because the vacation was over.
  假期結束了，每個小孩都很難過。

❖ miserable——非常悲慘的狀態

miserable雖然用以表現「非常悲慘」的情況，但其理由通常是因為孤獨、寒冷、過度飢餓等原因。

- She was lying alone in her room, thoroughly **miserable**.
  她孤伶伶躺在自己的房間，極其悲慘。
- There's nothing like a bad cold to make you feel **miserable**.
  重感冒最是讓人難受。

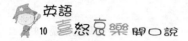

- Hunger and cold made them **miserable**.

  他們飢寒交迫，處境悲慘。

❖ heartbroken——失戀，或是等同失戀的悲傷

broken-hearted或是**heartbroken**都是用於描述失戀時所感受到的深切的悲傷。但是，若是發生的事情，其悲傷的強烈程度並不下於失戀的傷痛時，即使不是失戀也可以使用。我們來看看在下面這一段夫妻的對話中是如何應用這個字的。

TRACK No.4

Wife: Roger, isn't there something you can do for poor Albert?

Husband: Albert? What's up?

Wife: Honey, he's **heartbroken that** he didn't make the soccer team...he hasn't come out of his room all day.

Husband: That bad, huh? OK, I'll go see if I can cheer him up.

譯

太太：羅傑，艾伯特心情很差，你能想點辦法嗎？

先生：艾伯特？他怎麼啦？

太太：老公，他沒辦法進足球隊…，失魂落魄的，一整天都沒踏出房門一步。

先生：這麼糟啊？好吧，我去看看能不能讓他心情好起來。

上述對話中若只是要表現出「非常地失望」之意時，可以只用He's heartbroken.的說法。但若是還想說明失望的原因時，就須採用像上述對話中He's **heartbroken that**～的說法。

❖「使人悲傷」的表現

悲傷這個字隱含著另一個含義是「令人覺得悲傷」，例如我們常講「一部悲傷的電影」，其實，更明確的說法應該是「一部令人感到悲傷的電影」。像這樣的情況下，你可以使用像It was a **sad** movie.這樣簡單的用法，若想要表現地更強烈，你也可以嘗試使用這樣的講法。

- It was a **depressing** movie.

給人「一部看了令人沮喪的電影」的感覺。

此外，**heartbreaking**、**heart-rending**也是「使悲傷」的基本用語。heartbreaking news指的是「令人悲傷的新聞」。也可以像下面這樣使用。

- It's **heartbreaking** to see people dying of hunger because they do not have an opportunity to support themselves.

  看到有人死於飢荒，真是令人心碎，他們連自給自足的機會都沒有。

❖「自艾自憐」

悲傷的方式有很多種，「自艾自憐」也是其中的一種方式。「自艾自憐」在英語中稱做self-pity，也可以簡單地用動詞**feel sorry for yourself**來表現。這是自我陷入一種做什麼事都提不起勁的狀態，而且明明知道這樣下去不行，卻無法自己振作起來。以下是營業部門的兩位職員間的對話。

David: Hey, Ted, I haven't seen you for a while.

Ted: Yeah, I'm having a bad time of it... I've been in a slump now for months and I just can't seem to get out.

David: Well, this isn't a business where you have the luxury of sitting around **feeling sorry for yourself**.

Ted: I know, I know, but I feel like such a failure.

大衛：泰德啊，有好一陣子沒看到你了。

泰德：是啊，我過得很不好…，我最近這幾個月都很低潮，好像沒辦法掙脫。

大衛：嗯，幹這一行可沒有自怨自艾的權利。

泰德：這我了解，只是我覺得自己像個失敗者。

一講到悲傷的話題，人也跟著悲傷了起來，這是很自然的事。但是，在這樣的情況下，更需要一些鼓勵的話語。

- Cheer up. It's not the end of the world.

  振作起來，這又不是世界末日。

「自艾自憐」還有其他的表現方式。心中悶悶不樂，什麼事也不想做，這樣意氣消沉的狀態，可以用**mope**來表示。要安慰這樣的人恐怕很難，這種時候，或許你可以試試下面的說法。

- Don't just lie there **moping**. Let's go see a movie. shall we?

  不要無精打采地躺在那裡，我們一起去看電影好不好？

3 羞恥的表現

「羞恥」的觀念是非常重要的。並不光是只有禮儀之邦的中國人有這樣的觀念，英語中也有許多與「羞恥」相關的表現或單字。

為了方便大家理解，將其分成以下四類：①因自覺「做錯了」，而產生羞愧感時用shame或ashamed。②遭人恥笑，覺得「沒面子、受了奇恥大辱」時用humiliate或lose face。③因個性害羞，而容易覺得「不好意思」時用shy。④因為難、侷促不安而感到「困窘」時用embarrassed。

❖ 自覺「做錯了」而產生的羞愧感

「羞恥」用**shame**這個字，或是其衍生字**shamed**。這是意識到自己做了不應該做的事，或是覺得有過失時使用的單字。通常用 **be ashamed of** doing something，或是 **be ashamed that**～的形態。接下來，我們來看看會話中是如何應用的。

TRACK No.6

George: You look a bit quiet this morning.

Steve: Yeah, please speak a little more softly. I have a bit of a hangover.

George: Big party last night?

Steve: Yeah, one of the guys in our office moved to the head office.

George: I see.

Steve: But I'm really **ashamed of** how wild I got last night. I don't know how I'm going to face everyone on Monday morning.

George: Don't worry about it. They probably won't even remember.

喬　治：你今天早上好像有點安靜。

史帝夫：對啊，麻煩你講話小聲一點，我有點宿醉。

喬　治：昨天晚上玩得很瘋嗎？

史帝夫：可不是！我們辦公室有人榮升到總公司。

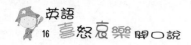

喬　治：原來如此。

史帝夫：不過昨晚真丟臉，玩太瘋了，真不知道禮拜一早上要怎麼面對大家?

喬　治：別擔心，他們可能也不記得了。

❖ 遭人恥笑，覺得「沒面子、受了奇恥大辱」

及物動詞**humiliate**為「受辱」或是「被傷了自尊心」之意，這個單字通常如下面例句所示，大多使用被動語態。

- I've never felt so **humiliated** in all my life.

  我這一生還沒受過這麼大的屈辱。

以下是兩位小學老師談論到學生的對話。

Teacher A: I felt so sorry for little Karen today.

Teacher B: Yeah? What happened?

Teacher A: Well, it was the first day of swimming, and all the kids brought their navy-blue suits, but Karen had a pink one. I guess her mom didn't know.

Teacher B: She must have felt so **humiliated**!

Teacher A: She did. And to make it worse, all the kids started making fun of her.

Teacher B: Kids can be cruel.

譯

老師A：凱倫今天真可憐。

老師B：喔？怎麼了？

老師A：嗯，今天是游泳課的第一天，每個小孩都帶了深藍色的泳衣，只有凱倫穿了一件粉紅色的來，我想她媽媽可能不知道。

老師B：她一定覺得無地自容吧！

老師A：就是啊，更慘的是，每個小孩都尋她開心。

老師B：小孩有時也很殘忍。

若要說到「出醜、沒面子」，一定要記住的用法還有**lose face**。這個字就如同字面所表示的，為「顏面盡失」，也就是「沒面子」之意。

- I don't want to back down at this point. If I did, I would **lose face**.

  我不想此時打退堂鼓，這樣做的話會很沒面子。

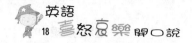

此外，也有與lose face語意相反的表現**save face**，這與中文裡「保留顏面、留點面子」的說法相當類似。就是「有面子、有臉見人」的意思。

- People often compromise to **save face**.
  人們常為了保留顏面而妥協。

❖ 性格上的害羞

害怕在人們面前講話，或是無法提起勇氣邁出第一步，參與新事物。這種個性上的害羞便是**shy**。我們來看看下面這兩位大學生的對話中是如何運用這個字的。

TRACK No.8

Kay: Hey Arnold, are you coming to the “campus volunteers” meeting today?

Arnold: Yeah. Noon in the cafeteria lounge, right?

Kay: That’s right. Would you report to everyone on last weekend’s painting of the play equipment at the orphanage, please?

Arnold: Me? I don’t think so. You know I’m way too **shy** to stand up in front of a group of people and talk.

Kay: Seriously? I didn’t know that about you.

譯

凱伊：嗨，阿諾，你今天會來「校園義工團」的開會嗎？
阿諾：會啊，中午在自助餐大廳對吧？
凱伊：對啊，上禮拜到孤兒院替遊戲設備上漆的事情，可以拜託你向大家報告一下嗎？
阿諾：我？不行啦，你知道我很害羞的，哪敢站在一堆人面前說話。
凱伊：真的嗎？看不出來你是這樣的人。

❖ 覺得困窘

「覺得很糗、感到很窘」時都可以用**embarrass**這個字。例如說：I felt so **embarrassed**.就是「我覺得很糗」的意思。通常指在人們面前會感到侷促不安，我們參考《*Longman*現代英英辭典》中的例句，就能了解這樣的感覺。

- At about the age of twelve, girls start feeling acutely **embarrassed** about changing their clothes in front of other people.
  到了12歲左右，女孩子開始非常羞於在人們面前更衣。

此外，**embarrassing**「令人侷促不安的、使人困窘的」這樣的說法也很常見。也可以像**embarrassing** question（使人困窘的問題）般，用以描寫狀況或言語等事物。

4 緊張的表現

就算是使用母語，在緊張的狀態下也可能一時說不出話來。這種時候，直接將自己緊張的情緒勇敢地說出來：I'm feeling really nervous right now.（我現在好緊張哦。），或許就能化解緊張的心情。

nervous也可用以形容人的性格，nervous person指的就是「神經質的人」，老是緊張兮兮的。其他還有很多有趣的表現，就讓我們一塊來瞧瞧吧。

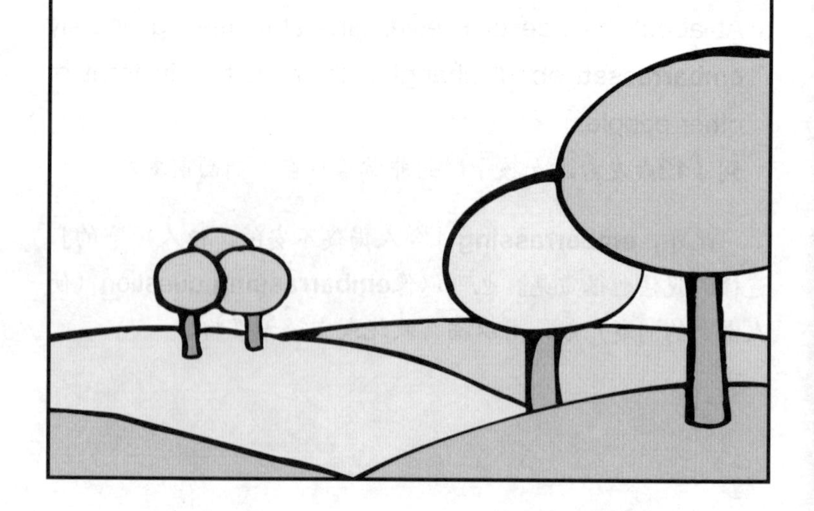

❖ 表示正處於非常緊張的狀態時的說法

用來表示「緊張」狀態的英語表現其實相當地多。首先，介紹一個有趣的講法：**have [get] butterflies in one's stomach**，如同字面所說的「有蝴蝶在胃中翩翩飛舞」，充分表現出了緊張的時候那種慌亂、著急的感覺。此外還有**be on pins and needles**的表現方式，用來表示「坐立難安」的狀態，就像中文說的「如坐針氈」，真是一秒鐘也待不住呢。接下來，我們來聽一下對話吧。

David: Hey, Jane, this is your big day!

Jane: Knock it off. I'm **nervous** enough as it is. You don't have to rub it in.

David: What're you talking about? Giving a presentation is the fun part of this job.

Jane: Yeah, well, it's easy for you to say so. You've been giving them for the past ten years. I've always hated standing up in front of people. I **get butterfiles in my stomach**.

David: Oh, Jane, "nervous" is just the flip side of "excited." you'll get used to it.

Jane: Yeah, right.

大衛：嘿，珍，今天可是妳的大日子！

珍　：別說了，我緊張得半死，你不要嘮嘮叨叨了。

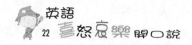

大衛：妳怎麼可以這樣說呢？上台發表可是這份工作有趣的地方呢。

珍　：也對，不過，你說得倒輕鬆，這些事你都做了十年了，我一向討厭站在一群人的面前，心裡七上八下的。

大衛：唉呀，珍，「緊張」和「興奮」不就是一體的兩面，久了妳就會習慣啦。

珍　：好吧，算你有理。

❖ 暗示結果的緊張表現

老是說很緊張，但是究竟有多緊張總是得明確地形容一下，為了讓別人也能體會，有時也會以緊張到怎樣的結果來說明緊張的程度。例如：She is **jumpy**.的**jumpy**便是「因為過於緊張、心神不定，只要一點點小事，便會嚇得跳起來」的意思。**nervous wreck**則是指「毫無自信，緊張得不知該如何是好」的狀態。wreck原本是「遇難的船隻」之意。

接下來是一對母子間的對話。

TRACK No.10

Son: Mommy! Come read me a story before you go out.

Mother: Alex, I already read you three stories. Now be a good boy and let mommy finish getting ready.

Son: But mommy, I need a backrub or I can't go to sleep.

Mother: Alex, I'm sure your babysitter can give you a nice one. Just wait till daddy gets back from picking her up.

Son: Mommy, you're cranky.

Mother: I'm not cranky, I'm a **nervous wreck**, OK? Mommy has to sing tonight in front of a lot of people and I'm out of practice, OK?

Son: Mommy, you'll be OK.

譯

兒子： 媽咪！妳出門之前再給我講個故事嘛！

母親： 艾立克斯，我已經說了三個故事了，乖乖聽話，讓媽咪好好準備出門。

兒子： 可是媽咪，沒有抓抓背我睡不著。

母親： 艾立克斯，褓姆一定會幫你好好抓抓背的。再等一下，爹地去接她來了！

兒子： 媽咪，妳好兇喔。

母親： 媽咪不是兇，媽咪只是緊張到快虛脫了。媽咪今

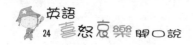

天晚上要在一堆人面前唱歌，都沒什麼練習，你知道嗎？

兒子：媽咪，妳一定沒有問題的。

❖「令對方不安」的表現

素有「壞孩子」之稱的美國網球名將John McEnroe在比賽中是出了名的脾氣暴躁，但是這樣似乎也會令對手更為緊張。相當符合這種狀況的說法是**psych out**。**make someone nervous, put someone on edge**等說法也可使用於相同的狀況下。下面是兩位大學學生在圖書館裡的對話。

TRACK No.11

John: Oh, hi, Tracy. Are you studying for the big chemistry final, too?

Tracy: Yeah, I'm going over my notes.

John: This exam is freaking me out. Professor Collins did nothing but tell us over and over how tough it was going to be.

Tracy: Oh, he always does that. He's just trying to **psych us out** so we'll study harder.

John: Yeah. Are you sure?

Tracy: Well, sure. I took this exam last semester.

John: Which means you flunked it last semester.

譯

約翰：嗨，崔西，妳也在準備化學的期末大考嗎？

崔西：對啊，我在複習我的筆記。

約翰：這考試讓我非常不安，柯林斯教授只是再三跟我們說考試會很難很難。
崔西：喔，他每次都這樣，目的是要把我們嚇破膽，這樣我們才會比較認真唸書。
約翰：真的是這樣嗎？
崔西：對啦，我上學期就考過一次了。
約翰：也就是說妳上學期這門課沒過囉。

❖ 如何描述老是緊張兮兮的人

我們在前面介紹過，**nervous**這個字可以像She's such a **nervous** child.（她是一個非常神經質的小孩。）般使用，用來形容人的個性。如果「神經質」的程度更為嚴重時，**highly-strung, high-strung**都是非常貼切的形容，也可以用來形容一直處於非常緊張的狀態，心情無法放鬆的人們。

- His problem is that he is very **high-strung**, and he makes all the people around him nervous.
  他的問題在於精神過度緊繃，搞得周圍的人都很緊張。

形容這樣的人時還有一種稍微正式的說法，就是**of a nervous disposition**。

- He is rather **of a nervous disposition**.
  他的性格多少有點神經質。

5 吃驚的表現

「吃驚」是碰到意想不到的事，或是遭遇到非比尋常的事時的情緒反應。surprise為「使吃驚」之意，所以I'm surprised.就是「我被嚇了一跳」，也就是「我大為吃驚」的意思。surprising result為「令人驚訝的結果」。許多學英文的人都會把surprised和surprising搞混，要特別注意。可沒有 surprised result 的說法喲！因為 result 根本不具有感受的能力。

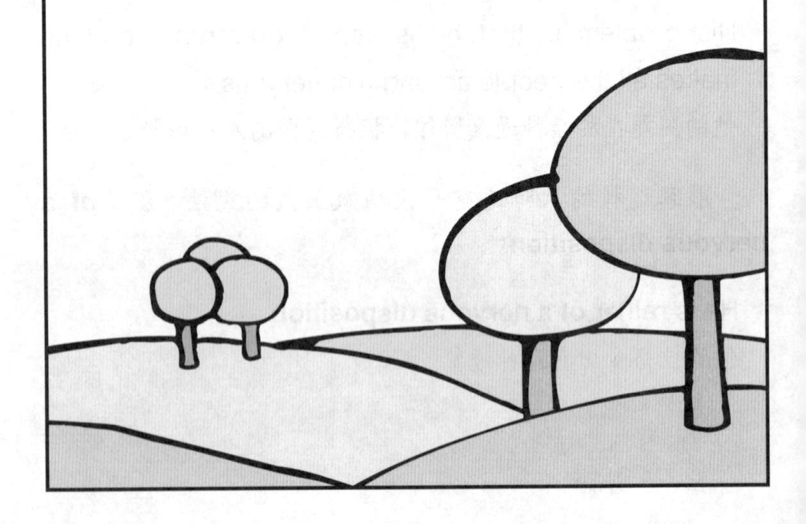

❖ taken aback——嚇得退縮不前

要表示「因意想不到而大為吃驚」，最常使用的大概就是**surprised**了吧。

- I **was** quite **surprised to** hear that she was defeated in the first round.
  聽說她第一輪就輸了，真是讓我嚇了一跳。

如上面的例句所示，**be surprised to**～是最常見的說法。

此外，**be taken aback**在因意外而感到吃驚的意思上與be surprised是共通的，但是，除此之外be taken aback還帶有「因過於吃驚，導致畏縮後退」的語感。

接下來我們來看看下面發生在校長室裡的一段對話。在美國，有問題的學生被叫到校長室去，和校長先生談談是司空見慣的事。

TRACK No.12

Principal: So, what exactly did you get sent to me for?

Student: I don't know. Mrs. Barnes said I was being unruly in class, but I don't know what she's talking about. I was just trying to get my eraser back from Jimmy.

Principal: I see. Well, according to her note, she **was** quite **taken aback** by your foul language when she asked you to sit down.

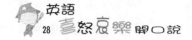

Student: Yeah, right. She's just not with it. Everybody talks like that.

Principal: Well, obviously "everybody" doesn't talk like that or I'd have "everybody" in my office.

譯

校長：說吧，你做了什麼好事被送到我這裡?

學生：我怎麼知道，巴老師說我在課堂上不乖，不過我不知道她的意思是什麼?我只是想從吉米那裡拿回我的擦子。

校長：這樣啊，不過她的字條上說，她要你坐下時，你講的粗話嚇了她一大跳。

學生：喔，是她自己搞不清楚，每個人說話都是這樣啊。

校長：顯然，不是「每個人」說話都是這樣，否則我會請「每個人」都到校長室來。

❖ 驚訝地說不出話來

吃驚的表現之一就是「驚訝地說不出話來」。中文裡有因為過於吃驚而「瞠目結舌」、「目瞪口呆」這樣的說法。相同地，英語中也基於同樣的想法而有**speechless**, **be lost for words, be at a loss for words**等說法。

- I **was lost for words**. I had never received such an expensive gift before.
  我驚訝地說不出話來，我以前從來沒收過這麼貴重的禮物。

接下來是一段夫妻間的對話。

TRACK No.13

Husband: How was your day?

Wife: Well, you know I told you I had a PTA board meeting and out of the blue, they asked me to be the president. I **was at a total loss for words**.

Husband: That's great! You'll do it, of course.

Wife: Well, it means you'll have to help me with the kids' dinner a lot, but if you'll help me, I guess I'd like to do it.

先生：今天過得怎樣？

太太：嗯，我之前跟你提過，今天去開家長會，結果出乎意外，他們竟然請我當會長，讓我驚訝到一句話都說不出來。

先生：很棒啊，妳當然會接下來囉！

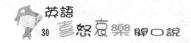

太太：嗯，那小孩子的晚餐就要你大力幫忙了，只要你肯幫我的話，我應該會接下來。

❖「出其不意」的表現

碰到必然會令人驚訝的事時，也有用事情當主語的表現方式，下面的說法就是一例。

- David's proposal for marriage **took her** completely **by surprise**.

大衛的求婚讓她驚訝不已。

這種表現給人的感覺是「對於事情意外的發展感到驚訝」，但是，並不光是這樣，它還帶有「對這樣的結果還沒做好心理準備」的語感。類似的表現還有**come as a surprise**。

下面是兩位大學同學之間的對話。

TRACK No.14

David: Alyson, you look happy today.

Alyson: I'm floating on air.

David: Wow! What happened?

Alyson: Well, James took me out for a really romantic evening last night, candlelight and wine. Then, from nowhere he produced an engagement ring.

David: Really?

Alyson: I know! It **took me** completely **by surprise**.

David: And, did you say "yes"?

Alyson: Does it look like I said "no"?

譯

大　衛：愛麗森，妳今天看起來很高興喔。

愛麗森：就像漫步在雲端一樣。

大　衛：哇！有什麼喜事嗎？

愛麗森：嗯，詹姆斯昨天帶我出去，度過很浪漫的夜晚，燭光加美酒，然後，他不知從哪裡拿出一枚訂婚戒指。

大　衛：真的嗎？

愛麗森：對啊！真是讓我喜出望外。

大　衛：那妳答應他了嗎？

愛麗森：我這樣子像沒答應他嗎？

6 懼怕的表現(1)

表示喜歡的「愛」與表示害怕的「懼」應該可以說是人類最分明的情感吧。

提到害怕，有各式各樣的表現方式。心中害怕的話，很自然地就會在身上反應出來，所以英語中也有hair-raising（毛髮直豎）、spine-chilling（背脊發涼）的說法，這樣的表現方式是不是和中文也有異曲同工之妙呢。

❖「使人懼怕」的表現

frighten, scare, terrify, make one's hair stand on end, scare somebody to death等都是「使人懼怕」的表現。就字面意義來說，**make one's hair stand on end**是「使人毛髮直豎」的意思，這是源自「毛骨悚然」的說法，表示遇見非常恐怖的事情。

scare someone to death則是「使某人極度恐懼」，通常用以形容「嚇死我了」。我們來看看這在對話中如何使用。

TRACK No.15

Wife: Roger! You **scared me to death**! Please don't come home without saying something.

Husband: I said "I'm home."

Wife: Well, you didn't say it loudly enough. I'm still shaking.

Husband: I think, more to the point, I should fix that doorbell this weekend.

Wife: That is a brilliant idea!

Husband: That's me, Mr. Brilliant!

譯

妻子： 羅傑！你要嚇死我啊！回家了要出點聲音。

丈夫： 我有說：「我回來了。」

妻子： 那就是你說得不夠大聲，嚇得我現在還在發抖。

丈夫： 我想更重要的是：這個週末應該把門鈴修一修才是吧。

妻子：這個點子真不錯啊！

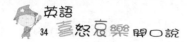

丈夫：也只有我這麼聰明的人才想得出來囉！

❖ 害怕未來的表現

afraid也是害怕的表現，其使用方式就如：I should really go for an AIDS test but I'm **afraid**.（我實在應該去接受愛滋病檢測，不過我很害怕）。此外，fearful, fear, dread等也可以用來形容對未來的恐懼。還有**for fear of**～的慣用表現，為「害怕～」之意，of的後面通常接動名詞，表示或許在未來會發生的事。接下來，我們來聽聽這兩位上班族之間的對話。

TRACK No.16

Geena: Alan called up today wondering what he can do about his secretary.

David: What's the problem?

Geena: Apparently, she chitter-chats all day long and he's finding it difficult to get his job done.

David: And he doesn't tell her because...

Geena: For fear of offending her. She's a little bit older and quite cheerful and it's just her personality.

David: Well then, he just needs to institute a "closed door policy." When the door's closed, he cannot be disturbed. But he'll pop his head out every so often to get messages.

譯

吉娜：艾倫今天打電話來問說有什麼辦法可以對付他的祕書?

大衛：他們之間有什麼問題?

吉娜：她一整天都嘮嘮叨叨的，艾倫都沒辦法好好工作。

大衛：那他不直接跟她說是怕…?

吉娜：是怕傷了她，她年紀比較大，而且總是興高采烈的，她生性就是如此。

大衛：這樣的話，他需要的就是訂定一項「關門政策」，當門關起來的時候，就不能打擾他。只要他經常探出頭來詢問有沒有他的留言就好啦。

❖ 關於「恐懼症」的表現

「恐懼症」在英語中稱作**phobia**，指「病態地恐懼某種事物」的心理狀態。在日常會話中，即使不到病態的程度，只要是非常恐懼某種事物的情況下，就可以使用**have a phobia**

about / of ～的說法。

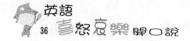

- She **has a phobia about** telephone answering machines and will never leave a message.
  她有電話答錄機恐懼症，從不在答錄機上留言。

TRACK No.17

Husband: What a miserable day!

Wife: Goodness. What happened?

Husband: My boss wants me to give the presentation at the annual sales meeting coming up in a month.

Wife: Honey, that's wonderful! What an honor!

Husband: Carol, I **have a total horror of** speaking in front of groups and I've **had this phobia of** public speaking since I was in elementary school.

Wife: Oh dear. I suppose it won't be that easily overcome, then. Can't you confide with your boss?

先生：今天真是倒霉！

太太：是喔？怎麼了？

先生：老闆要我在一個月後的年度銷售會議上報告。

太太：老公，很不錯啊！這很光榮耶！

先生：卡蘿，我只要在一大群人面前說話就會嚇得半死，打從國小開始我就有公開場合演說的恐懼症了。

太太：喔，親愛的。我想那不是這麼輕易就能克服的，你是不是該和老闆明講呢?

會話中出現的 **have a total horror of ～**，是和 have a phobia about ～ 語意幾乎完全相同的慣用語。

❖ 與身體有關的「恐懼」表現

在篇首介紹過的**spine-chilling**，其語意近似於中文所說的「令人毛骨悚然、背脊涼了半截」。經常用來形容電影等的驚悚畫面。

- The collection includes a **spine-chilling** ghost story by Edgar Allan Poe.
  這本選集收錄了一篇愛倫坡寫的靈異故事，讓人背脊發涼。

那**hair-raising**又是什麼意思呢?其語意和中文所說的「毛髮直豎」是相同的概念。不同的是，英語中大多用它來形容經歷危險的事物。

- After many **hair-raising** adventures, he finally decided to settle down to a normal life with his family.
  經過多次毛骨悚然的冒險之後，他決定安頓下來，和家人過著平凡的生活。

7 懼怕的表現(2)

繼上一篇之後我們繼續討論有關懼怕的各種表現。英語中對於「懼怕」的想法與中文究竟有何不同？這兩種語言之間對於「懼怕」的想法又有何類似的地方？若從這樣的角度來探討，不也是很有趣的嗎？

接下來我們就把重點放在如何表現恐懼的狀態，如何形容膽小的人，以及企圖使人感到害怕的表現。也來探討一下terror與horror有怎樣微妙的差異。

❖ 如何表現「恐懼的狀態」

中文裡形容恐懼的狀態時會用「嚇破膽」這樣的說法，至於為什麼要用身體的器官來表明恐懼的狀態，我們也並未細究其緣由就這樣用了。但是，無獨有偶地，英語中也是這樣，要表示非常訝異時也有**jump out of one's skin**的說法，驚訝到「從皮膚跳出去」，這樣的表現實在是和中文很不一樣。

至於「嚇到臉色發白」在英語中也有**go [be] as white as a sheet**（臉色蒼白如紙）的說法，則是大家有志一同。

接下來我們就來聽聽會話中是如何使用的。

TRACK
No.18

David: Annie, what's wrong? You're **as white as a sheet**.

Annie: That's not funny...I was just walking through the darkest part of campus.

David: You mean, over there near the old oak tree?

Annie: Yeah. And Mark came up behind me and scared me, and I nearly **jumped out of my skin**.

David: Did he do it on purpose?

Annie: Oh, you know Mark...he thought it was hysterical.

譯

大衛：安妮？怎麼了？妳的臉色發白。

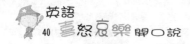

安妮：可不是鬧著玩的呢…，我剛從全校最黑暗的角落走過來。

大衛：妳是說老橡樹那邊嗎？

安妮：沒錯，馬克還跟在我後面嚇我，害我差點魂不附體。

大衛：他是故意的嗎？

安妮：唉，你也知道馬克這個人…，他以為這樣很好玩。

❖「什麼都怕的人」的表現

形容什麼都怕、非常膽小的人可以用**timid**這個形容詞，或者像she **scares** easily.般，用表示「膽怯」之意的**scare**。較為正式的話，可以用She is **of a nervous disposition**.的講法。我們來聽聽下面這兩位大學生之間的對話。

TRACK No.19

Tim: Hey, did you hear about Caroline's summer job?

Mary: Mmm, I don't think so...

Tim: Well, she's going down into the Everglades to study alligators.

Mary: Alligators! Are you serious? She's so **nervous**! I can't imagine how she'd cope.

Tim: I know...mosquitoes, snakes, all kinds of creepie crawlies...

Mary: Do you think she has any idea what she's getting into?

Tim: I doubt it...I think her biology teacher talked her into it.

譯

提姆： 嘿，卡洛琳的暑期工讀妳聽說了吧？

瑪麗： 嗯，還沒有耶⋯。

提姆： 聽說她要到大沼澤地去研究鱷魚。

瑪麗： 鱷魚！沒搞錯吧？她膽子那麼小！真不知道她要怎麼應付。

提姆： 對啊⋯，又是蚊子，又是蛇的，還有各樣的爬蟲類⋯。

瑪麗： 你覺得她知道自己在做什麼嗎？

提姆： 我也很懷疑⋯，我覺得是她的生物學老師說服她去的。

❖「企圖使人感到害怕」的表現

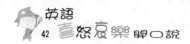

利用對方的懼怕，使對方按照自己的意思去做，仔細想想，其實人們經常會有這樣的行為。就像父母親也經常要脅孩子們要做個乖寶寶，否則…，不也是這樣的行為嗎？這樣的情形在英語中正是**frighten [scare] a child into good behavior**的說法。接下來，我們來聽一段父母之間談到女兒晚歸的對話。

TRACK No.20

Dad: What time did you say Melanie came home last night?

Mom: I didn't say.

Dad: Well, what time was it?

Mom: A little after midnight.

Dad: A"little" after midnight! Her curfew is 11 pm! That's it! She's grounded for a month.

Mom: Earl, if you think you can **frighten a teenager into good behavior**, you're dreaming.

Dad: And I suppose you have a better suggestion?

Mom: Let me talk to her.

譯

父親：妳剛說梅蘭妮昨晚幾點回來的？

母親：我沒說啊。

父親：那不然是幾點？

母親：十二點多一點。
父親：十二點多「一點」！她的門禁是晚上十一點！沒什麼好說的，罰她禁足一個月。
母親：艾爾，別作夢了，都十幾歲的小孩了，不是嚇一嚇就會聽話的。
父親：那妳有什麼更好的辦法？
母親：我來跟她談談吧。

懼怕的表現就說明到這裡。其實，懼怕的時候若能把害怕的感覺說出來，心情就能輕鬆多了也說不定。So, express your fear if you're scared of something!

❖ terror 與 horror

大家都知道這兩個單字是「恐怖、令人害怕的事物」之意。不論哪一個都有an event or situation that makes people extremely frightened（令人極為懼怕的事件或狀況）之意。但是，細究懼怕的原因，*Longman Language Activator* 辭典中則指出非常有趣的不同之處。

其中 terror 的說明寫著「因可能被殺害而產生的恐懼感」。相對地，horror則有「因目睹過可怕的事情發生，而對該事件或狀況感到恐懼與震驚」之意。這樣說來，因為恐怖份子會殺害人質，所以用terrorist這個字表示恐怖份子，也不無道理。

8 覺得被攻擊的表現

因為文化的不同，中國人在溝通時，往往被指為不習慣於confrontation（對立）。這是一種對於公開對立能免則免特別重視的文化表現，但是，在英美文化下的對談中，並不總是這樣子的。你可能會因為對立而覺得被攻擊，覺得受了傷。遇到這樣的情形時，勇敢地站起來confront the situation（面對狀況），有時也是必須的吧。

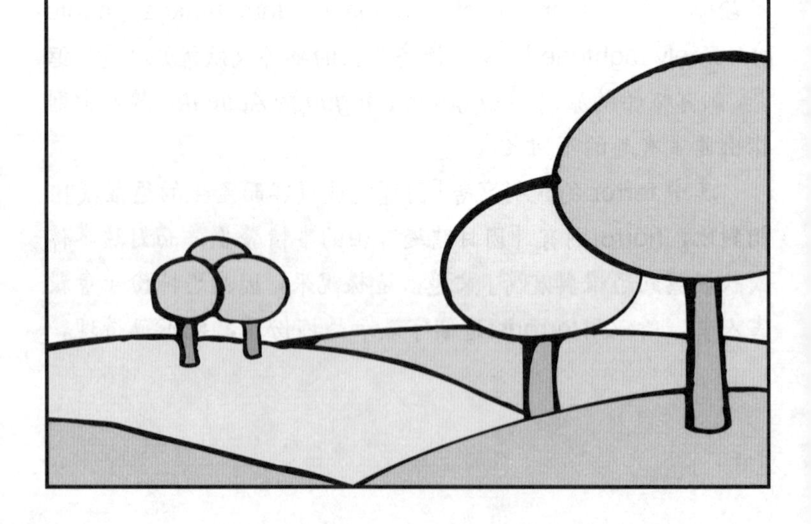

❖ 暴露於攻擊中的感覺

attack這個單字語意強烈，很容易就令人聯想到戰爭。但是，這個單字並不光是用來形容戰爭的場面，日常生活裡也經常使用。在嚴苛的工作環境下兢兢業業謀求生存的人們，也很自然就被稱為企業戰士。這種「處於被攻擊狀態」的感覺，也可以用英語說成I feel like I'm **under attack**.。

接下來，我們就來聽聽兩位企業戰士之間的對話。

TRACK No.21

Jane: Sometimes I wonder how I can face another day at this job.

David: That stressful, huh?

Jane: Stress I can take, but I feel like I've been **under attack** all week from Mr. B, and I don't know how to duck quickly enough.

David: Yeah, he's been on a rampage all right. This desk is the first line of defense. But if I can take it, so can you.

譯

珍　：有時候我在想，這份工作真是捱過一天算一天。

大衛：壓力很大，對吧?

珍　：壓力我是可以承受，但我覺得這一個禮拜以來，自己都好像在B先生的砲火攻擊之下，不知道要怎樣才能快速躲開。

大衛：是啊，他的脾氣確實一直都很火爆。這張辦公桌就像第一道防線，我能承受的話，相信妳也可以。

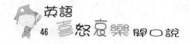

❖ make someone wrong

任何人都會犯錯，問題是面對殘局該採用怎樣的溝通方式。一般來說，印象中美國人大多採取frank（坦白、毫無隱瞞）的態度。中國人在這方面卻很容易就沒處理好，我自己本身就曾經有過這樣的經驗。未顧慮他人的感受就直接說出「是你做錯了」，結果讓對方非常地生氣。把事情說成是別人的錯可以用**make someone wrong**的說法。

TRACK No.22

Adam: Say, Karen, didn't you used to go out with Rick Engles?

Karen: Yeah, for about three weeks. Why?

Adam: Oh, I just started working on a computer project with him, and he mentioned how good you are at software design.

Karen: That's a joke! When we were dating, I always felt he was trying to **make me look wrong**. That's why I broke up with him.

Adam: Well, it looks like the reality was he was jealous of you. Did you ever consider that?

亞當：對了，凱倫，妳之前不是常和瑞克・恩格斯出去嗎？

凱倫：對啊，差不多三個禮拜前了，有事嗎？

亞當： 喔，我最近跟他一起弄個電腦企劃案，他說妳很擅長軟體設計。

凱倫： 他在說笑吧。我們約會的時候，我總覺得他老想把事情弄成都是我的錯，所以我才跟他分手的。

亞當： 嗯，看起來像是他其實在忌妒妳，妳沒這樣想過嗎？

make someone wrong是清楚指出「對方做錯了」的一種說法。在會話中往往用make me look wrong（使看起來像是我錯了）的形式，給人口氣較為委婉的感覺。不過，無論是哪一種講法，批評對方的態度是不變的，也容易傷到對方。此外，make someone wrong也可以用被動語態，說成 I **was made wrong** by him.，有「我被他指責說是我的錯」之意。

此外，這裡的wrong也可當作「不適當地對待，誤解」之意的動詞使用。例如：

- You **wronged** my father.

就是「你錯怪我爸了」的意思。

❖ 易受攻擊的狀態

英語裡有**vulnerable**這樣的一個單字，就字面意思來說為easy to attack之意，這個字不光是使用於軍事方面，也可以用以形容人內心的狀態。當內心脆弱時，任誰都會有易受攻擊、容易受傷的感覺。若要更為廣義地說的話，有時也可以用來形容人遭受生命中的不幸事件時，內心所呈現的狀態。

TRACK No.23

Female teacher: Mr. Owens, I called you here because Bryan's behavior has altered radically, and I was wondering if there's been any added stress at home.

Owens: Well, as a matter of fact, my wife went to the hospital two weeks ago, and we're not sure if she's going to make it. Bryan and I are both feeling a bit **vulnerable**, I'd say.

Female teacher: I'm so sorry to hear that. If I'd known, I could have been more patient with him.

Owens: I'm sorry. I didn't realize he was acting up at school, and I guess I just didn't want to admit how serious things were.

譯

女老師：歐文斯先生，我請你來學校，是因為布萊恩最近的行為有很大的改變，我想是不是家裡出了什麼事。

歐先生：不瞞您說，內人兩個禮拜前住院了，我們也不曉得她撐不撐得過，布萊恩和我都覺得有點心力交瘁。

女老師：真是替你們感到難過，如果我早一點知道的話，就不會對布萊恩這麼沒耐心了。

歐先生：很抱歉，我沒發現他在學校出了問題，我想我只是不願承認事情真的有這麼嚴重罷了。

在上述的會話中，老師因為擔心學生的狀況而請男孩的父親到學校來，問一下事情的狀況。對話中歐先生說了：...We're not sure if she's going to make it.，這句話的意思是我們不知道她撐不撐得過，隱含了男孩的母親或許會因病去世的語意。因此，才會說兒子跟我都…feeling a bit vulnerable。這是面對心愛的人可能會死去，自己也陷入非常容易受傷的狀態，感受到生命脆弱時常有的情感表現方式。

要是這樣的溝通能普遍存在學校老師和學生家長之間的話，相信教育將能避免更多的問題產生。

9 生氣的表現(1)

生氣的時候有些人能夠直接用言語表現出怒氣來，也有些人會氣得說不出話來。而且，要用並非母語的英文，適切地表達出生氣的程度，絕不是一件簡單的事。

但是，正在氣對方的時候，若能直截了當地說出I'm angry with you, you know.，或許就能當下化解彼此之間緊繃的情緒。依不同的狀況學習如何處理怒氣的方式可是溝通上的一大學問呢。

❖ 有點生氣的表現

生氣的狀態若以程度來區分的話，大致上可分成「有點生氣的狀態」及「非常生氣的狀態」。小孩子會以形容詞**cross**來表現有點生氣的狀態。

- Do you think Dad is **cross** with me?
  你覺得爸爸是在生我的氣嗎?

如果是大人的話則會用**annoy**這個字。

- What she said was so **annoying**.
  她說的話好討人厭。
- I was **annoyed** with my sister because she forgot my birthday.
  我在生我妹的氣，她忘了我的生日。

TRACK No.24

John: So did you say you went over to visit your elderly aunt last night?

Nancy: Yeah. An act of love and devotion if there ever was one.

John: Yeah? What's she like?

Nancy: Well, I used to like her company, but these days, she just keeps trying to run my life. It's so **annoying**.

John: Like, "Why aren't you married yet?" and "When are you going to get a real job?"

譯

約翰：這麼說來，妳昨晚去了姑媽那兒囉？

南希：對啊，好個善心義舉。

約翰：是喔？她人怎麼樣？

南希：嗯，我以前還滿喜歡和她一起的，不過這幾年她老愛干涉我的生活，讓我很生氣。

約翰：問些像是「妳怎麼還不結婚？」或是「妳什麼時候才要找份真正的工作？」之類的問題嗎？

❖「非常憤怒」的表現

表示一般程度的怒氣時，可以用angry, mad, be in a temper等形容詞。但是，表示非常生氣的表現更多樣化，有**furious, irate, incensed, livid, seething, be on the warpath**等。be on the warpath有被惹火了，要與對方決戰的感覺，就是一副手叉腰準備打架的樣子。

TRACK No.25

Mother: David, you'd better get to your room this minute. Your father wants to talk to you. He is **furious**.

Son: Here it comes. What is the big deal? No one has a curfew these days but me. It's like you guys live in the dark ages.

Mother: Well, maybe we do, but it's our home and you're our son. We set the rules according to what we feel is best for you.

Son: Best for me? You mean, best for you. You just don't trust me, that's all.

Mother: Trust has to be earned. Breaking curfew is not the way to do that.

譯

母親：大衛，你最好馬上回你房間去，你爸爸要跟你談一談，他很火大。

兒子：該來的終於來了，你們幹嘛小題大作？現在除了我哪還有人有門禁的，你們兩個好像活在黑暗時代的人。

母親：嗯，也許是吧。不過這是我們家，而且你是我們家的兒子，立下這個規矩，是因為我們覺得這樣對你最好。

兒子：對我最好？應該是對你們好吧，你們就是不信任我，就這麼簡單。

母親：信任是要努力才能贏得的，不遵守門禁是不可能贏得信任的。

❖ 覺得不公平而生氣的表現

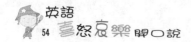

覺得受到不公平的待遇而氣憤不已的情形時可以用**indignant, resent, be disgusted, disgusting**等。以下舉了使用副詞indignantly和及物動詞resent的例子。

- “It's not fair!”, he cried **indignantly**.
  「不公平!」他憤怒地大叫。
- I **resent** your remarks.
  我對你說的話感到憤慨。

TRACK No.26

Mary: Alan, can I talk with you for a minute?

Alan: Sure, come on in...looks like I'm not going anywhere in the near future.

Mary: I want you to know I think it's so unfair! How could Ryan pass over you and promote that joker, Stephenson?

Alan: Yeah. I think the same thing.

Mary: I'm so **disgusted with** the way this company is run...it's enough to make me want to hit the classifieds.

Alan: That makes two of us.

譯

瑪麗：艾倫，我可以跟你說一下話嗎?

艾倫：好啊，進來吧…反正我目前也沒要去哪裡。

瑪麗：只是想跟你說，我很替你抱不平！雷恩怎麼可以不讓你升職，反而提拔史帝文生那個痞子？

艾倫：對啊，我也是這麼想。

瑪麗：我對公司的運作方式已經感到厭惡了，真想去分類廣告找別的工作。

艾倫：算我一份。

❖ 口語中的生氣表現

為了配合情境的需求，我們經常在電影中會極為自然地聽到非常粗魯的生氣表現，像我們經常聽到的**ticked off**就是其中一例。特別用於對某人的所作所為非常不滿的情形下。

- He was so **ticked off** about her being late for the meeting.
  她開會遲到，他很不高興。

對於生氣的對象需要特別明確點出時，可以像例句：Mother was really **ticked off with** you because you left the kitchen in such a mess.（媽媽對你把廚房弄得亂七八糟非常生氣）一樣，用介系詞with。

worked up 也是口語中的生氣表現，特別是在不認為有必要如此生氣的情況下經常使用。

- Why are you so **worked up**? I didn't lose the match intentionally.
  你那麼激動做什麼？我又不是故意輸掉比賽的。

10 生氣的表現(2)

在上一篇裡，我們已經對有點生氣時的表現及非常憤怒時的表現做了說明。接下來，我們要換個角度，把焦點放在生氣時言語以外的動作行為，及如何激怒對方、令對方生氣的表現。

像是「小孩子不聽話哭鬧不休」、「氣得直跺腳」等行為或是「戳他人的痛處」惹得對方不高興的表現。此外，我們也還要看看其他描述生氣時的特殊表現。

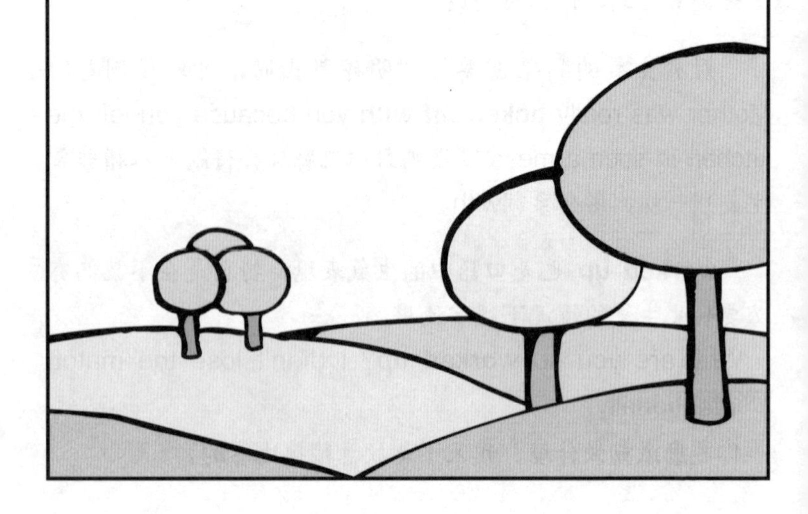

❖ 以行動表示怒氣的表現

人的情緒經常會透過表情或行動流露出來，尤其是生氣的時候，更是非常地明顯。所以，以行動來表示怒氣的英文說法也有很多變化，例如英文有**make a scene**的講法，意思就是在人們面前大吵大鬧、爭執不休，就像戲劇演出一般。還有**stamp one's foot**的說法，也和中文的「氣得直跺腳」不謀而和。此外，我們也經常在百貨公司看到小孩子為了向父母央求要買心愛的玩具而賴在地上哭鬧不休的情景，「不買給他就生氣」，也是一種典型的以行為表示怒氣的方式，這樣的情形在英語中也有**have [throw] a tantrum**的慣用表現。下面是一對有個兩歲小孩的父母，我們來聽聽他們之間的對話。

TRACK No.27

Father: I've had it. I'm never taking Brian with me again.

Mother: Goodness, what happened?

Father: I went to get some tools at the hardware store. Brian saw something he thought he had to have. Can you believe he **threw a tantrum** on the floor because I wouldn't buy it for him?

Mother: I see. Typical two-year-old behavior, huh?

Father: If that's typical, I'm outta here. I had no idea what you had to put up with here at home. How do you do it?

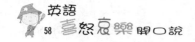

Mother: Well, for one thing I'm still bigger than he is. For another, I know he'll grow out of it if I'm patient and firm.

譯

父親：我受夠了，下次再也不帶布萊恩出去了。

母親：唉呀，怎麼啦？

父親：我去五金行買一些工具，布萊恩看到他想要的東西。妳相信嗎，我不買給他，他就在地上大哭大鬧。

母親：我明白了。兩歲小孩本來都這樣不是嗎？

父親：如果都這樣，那我也沒輒了，真不知道妳在家還得忍受他什麼。妳都怎麼做到的？

母親：嗯，我畢竟是個大人，而且只要我有耐心、態度堅定，他將來一定會懂事的。

throw a tantrum是指發脾氣、哭鬧不休，雖說大多用以形容小孩子不聽話時大哭大鬧的行為，但並未限定只能用於小孩子，若是大人也出現如此幼稚的行為時，也可以使用這樣的形容方式。

- He was warned that with one more **tantrum** like that, he would be fired.
  他被警告如果下次再像這樣發脾氣，他將被解僱。

❖ 激怒他人的表現

「使他人生氣」基本上用**make someone angry**的說法就可以了，但是英文還有許多各式各樣的講法，若以單一的字來表現的話，**infuriate**也是「使人發怒、激怒」的意思。

- She stubbornly refused to answer any questions and it **infuriated** the police.
  她頑固地拒絕回答任何問題，把警方激怒了。

此外還有**push one's buttons**的表現，這個片語並不光只是「按下按鈕」的意思，而是帶有「戳對方的痛處，使對方大為動怒」之意的表現。這樣的行為並不光是激怒對方，而是了解對方的弱點並加以攻擊。與為了點亮燈光而按下按鈕開關是相同的意思，知道碰觸這一個點的話，一定會觸怒對方，帶有任何時刻都可隨意激怒對方的語感。

TRACK No.28

Wife: I'm so fed up with Gerald. I could spit.

Husband: That bad, huh? What happened?

Wife: It's not even that something happened. He just really knows how to **push my buttons** about money.

Husband: Like?

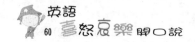

Wife: Like he doesn't notice how hard the two of us work to keep this household going. He doesn't lift a finger but thinks he deserves $150 tennis shoes!

Husband: Ouch! That sounds like me at his age.

譯

太太：我對吉羅德已經忍無可忍了，真想狠狠地臭罵他一頓。

先生：這麼嚴重啊！怎麼回事？

太太：也不是真的有什麼事，只是一談到錢他就是會惹我生氣。

先生：比方說？

太太：比方說他根本沒注意到我們兩個是如何地賣命工作，維持這個家庭，他什麼事也沒幫忙，卻認為自己理應有雙美金一百五十元的網球鞋！

先生：唉呀！聽起來就跟我年輕的時候一模一樣。

He doesn't **lift a finger**.為「什麼也沒做，什麼忙也沒幫」之意的一種誇張的表現。也可以說成**raise a finger**，通常用於否定含意的句子中。

- He doesn't even **raise a finger** to help with the baby.
  照顧嬰兒的事他一點忙也沒幫。

對話最後先生說的這句話：Ouch! That sounds like me at his age.，真是頗值得玩味，不但回想起自己的年少輕狂，也藉此安撫了妻子的心情。

❖「氣到發狂」的表現

因為太生氣了，以至於陷入無法控制自己情感的狀態。我們來看看這種情況下的幾種表現方式。

《hit the roof》

就如同字面意思所表示的，為「撞到屋頂」之意。自然而然地就給人火冒三丈的感覺。

- Dad will **hit the roof** when he finds out you crashed his car.

  老爸要是發現你把他的車撞壞了，一定火冒三丈。

《go nuts》

nuts是意義同於crazy的語詞，在通俗的用語中經常出現，與go crazy語意相近，帶有「快氣瘋了」、「快要抓狂了」之意。

- My son **went nuts** when his favorite bike was stolen.

  當我兒子最心愛的腳踏車失竊時，他簡直快氣瘋了。

《have a fit》

have a fit 原為「(疾病的) 突然發作、痙攣」，也可以用作「勃然大怒」之意。

- She **had a fit** when she was told not to go out with him.

  被命令不准跟他交往，她不禁勃然大怒。

11 生氣的表現(1)

最近,「閉居家中」、「拒絕上學」的現象已經逐漸形成了社會問題，英語中的withdrawal與此現象相類似，都是封閉自我，拒絕與他人溝通。

造成上述這種現象的原因其實非常複雜，並不能一概而論。若能讓這些人生活在能發洩怒氣、容許表現出情感的環境下，相信他們將不會再對他人抱持withdrawal的態度才對。

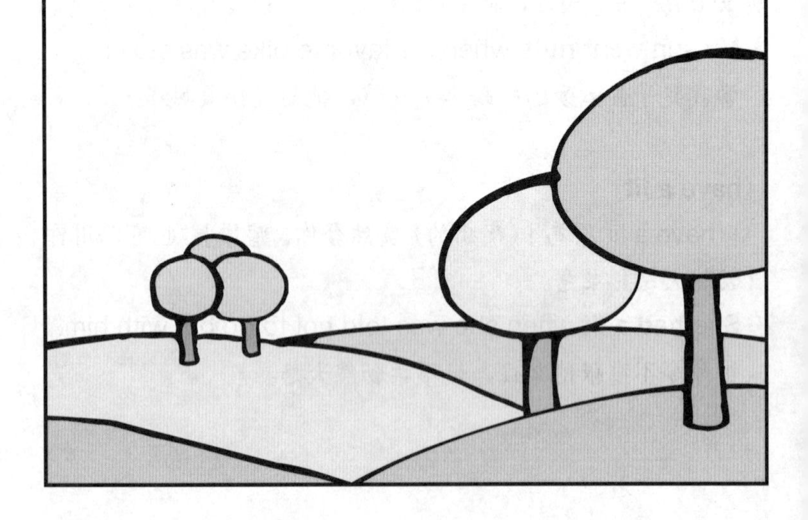

❖「怒火中燒」的表現

怒氣要以言語來表現時，英語中有時會以「引起盛怒的起因」來作主詞。在上一章裡我們曾經說過「使他人生氣」最一般的說法是**make someone angry**，若以單一的字來表達的話，也可以用**infuriate**。接下來我們再來看看**make one's blood boil**的使用方式，中文裡說的「熱血沸騰」通常用以形容有志青年懷抱熱情，但英語中的**make one's blood boil**卻是用來表示「盛怒、血脈賁張」的意思。

TRACK No.29

Secretary: Oh, I can't even see straight some days. He **makes me** so **mad**!

Male colleague: Who? The boss?

Secretary: Oh, don't act so innocent! You know darn well who I mean.

Male colleague: That's true. So what's new? He always acts overbearing, demanding, critical and scary. What happened today?

Secretary: We had a meeting with clients at 10 o'clock. Something was missing from his file. He blamed me for it in front of everyone. He knows perfectly well that he took that file home last night. It just **makes my blood boil** the way he treats me.

Male colleague: Yeah, Mr. Ego! Now, take a

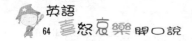

deep breath. Think of your great salary and excellent benefits and smile. That's it.

譯

祕　書：唉，有時候我都氣到沒辦法思考，他快把我氣瘋了！

男同事：誰啊？老闆嗎？

祕　書：唷，別裝傻了！你明明知道我在說誰。

男同事：我是知道，又怎麼了？他總是蠻橫、苛薄、吹毛求疵，而且讓人提心吊膽的。今天怎麼啦？

祕　書：我們十點跟客戶開會，他文件夾的東西不見了，就在眾人面前把我臭罵一頓，他清楚得很，昨晚是他自己把文件帶回家去了，他這樣對我，真是讓我怒火中燒。

男同事：沒錯，自私鬼！來，深呼吸一下，想想你的高薪，還有那麼多的福利，笑一個吧。沒什麼大不了的。

❖ let off steam

氣憤的時候，要怎樣排解生氣的情緒對每個人都是一個重要的課題。英文裡有 **let off steam**的說法，若查英漢辭典的話，可能會以「洩憤」等字詞加以說明，但是，這樣的說明並不夠確切，因為這個片語並不是採取暴力宣洩的方式，而是以不傷害他人，自己運動運動，或是捶捶沙包之類的方法宣洩心中的怒氣。嚴格來說的話，應該是「以運動排解怒氣」之意，接下來我們來聽聽十幾歲的兒子和母親之間的對話。

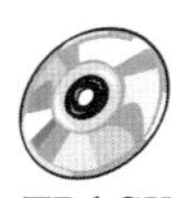
TRACK
No.30

Son: Hey, Mom, where's Dad taking off for in such a hurry?

Mother: Oh, it looks like he's going to play a little racquetball this evening.

Son: Racquetball? Since when does he play racquetball?

Mother: Well, I guess since he had a blow-up today with his boss.

Son: Oh, I get it, a new way to **let off steam**.

Mother: Exactly. And, personally, I'm happy he is wise enough to let his tension out in constructive ways.

兒子: 嘿，媽，爸急急忙忙地出門是要去哪裡?

母親: 喔，看起來他今晚應該是出去打一下壁球。

兒子: 壁球? 他什麼時候開始打壁球的?

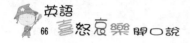

母親：嗯，我想是自從今天他和老闆吵了一架才開始的吧。

兒子：喔，原來如此，發洩怒氣的新辦法。

母親：沒錯。而且，你爸能聰明地以建設性的方式來紓解壓力，我也很高興。

❖ fly off the handle

生氣的表現雖然看起來沒有什麼特別讓人讚嘆的說法，但是，卻有一個極為寫實的講法就是**fly off the handle**。就如同字面意義所表示的，斧頭從把手的地方整個飛出去，就是這樣地怒不可遏。這個片語還帶有對某件其他人認為根本不重要的事氣呼呼的語感。

TRACK No.31

Male teacher: Mrs. Barnes, I'm sorry to have to ask you to come to school, but I'm worried about Harold. Is there anything going on at home that would be helpful for me to know about?

Mother: Well, we have all been under a lot of stress since my husband lost his job, if that's what you mean. Hasn't he been studying?

Male teacher: No, actually, his studies are going quite well. It's just that he used to be such an easygoing guy. Now it seems there's a kind of rage in him. He's always looking for someone to provoke.

Mother: I see. Now that you mention it, he has been **flying off the handle** at home, too.

Male teacher: I wonder if getting a part-time job might make him feel more in control of the situation, like he's a contributing member of the family.

譯

男老師：巴太太，很抱歉必須請妳來學校一趟，因為我很擔心哈洛德。最近家裡有什麼事嗎？這樣我比較能了解狀況。

母　親：嗯，自從我丈夫失業了之後，我們壓力都很大，你指的應該是這件事吧。他沒在唸書嗎？

男老師：不，事實上他的功課還是很好。只是他本來是很開朗的一個小孩，但是現在他胸中好像有一股怒氣，一直想找人發洩。

母　親：我了解。既然你提起，其實他在家中也會動輒發怒。

男老師：我想讓他打個工，這樣也許會讓他覺得比較能掌控情況，覺得自己對家裡的經濟有所貢獻。

12 羨慕的表現

人們要在現今的世界生存下去,「競爭」已經是無可避免的。不管是容貌、收入、能力、地位等各方面，無論你是有意或無意地，都會被拿來不斷地比較又比較。在這樣的比較或被比較之下，自然衍生「羨慕」、「嫉妒」的感情，若能坦然地面對自我，從口中說出I envy you的人，那種羨慕的情感就不至於發展成煩惱的情緒，這樣說起來，以言語抒發情感也是有其正面意義的。

❖ jealous, envious

雖然上天不是賦予每個人相同的能力，但是對於他人擁有的事物感到羨慕的特質卻好像每個人都有。要表現這種又羨慕又嫉妒的心情時，最佳的形容詞便是 **jealous, envious**。

- You're just **jealous** of Tom because he is popular with girls.
  湯姆在女生中很吃得開，你只是嫉妒他罷了。
- Have a great time in Hawaii! I'm really **envious**.
  祝你在夏威夷玩得愉快！我真羨慕你。

TRACK No.32

Mother: It was a big deal to be a Rotary Club exchange student. Aren't you happy for your sister?

Son: I am.

Mother: Harold ... there's no reason to be **jealous**...you have so many strengths and talents.

Son: I know, but...

Mother: But it's still hard...I know. C'mon, let's look at the bright side, OK? While she's gone, you'll be the only child and we'll probably spoil you rotten!

母親： 你姊申請到扶輪社交換學生很了不起耶，你不替

她感到高興嗎?

兒子: 有啊。

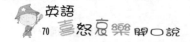

母親: 哈洛德…, 這沒什麼好嫉妒的啦…, 你也有很多優點和才能啊。

兒子: 這我知道, 可是…。

母親: 可是還是很難…我知道。好啦, 讓我們從正面的角度來看, 好嗎? 她不在的時候, 你就是唯一的小孩了, 我們可能會把你寵壞了呢!

❖ 羨慕極了

如果要將羨慕的心情以顏色來表達的話, 你覺得是怎樣的顏色呢? 在中文裡好像沒有這樣的表現方式, 但在英文裡是以 **green with envy**「綠色」來表達, 表示心中非常強烈的羨慕。特別是你不看好的人卻達成了不錯的結果時使用。

TRACK No.33

Teacher A: Did you hear about Marianne Olsen's student, Deborah?

Teacher B: I did indeed.

Teacher A: Isn't that incredible that she'll be representing the state at the National Spelling Bee?

Teacher B: It is, and I'm **green with envy**...after all the hard work I've put in supporting my kids. I've never had anyone make it even to the state championships.

Teacher A: Well, I suppose it's just the luck of the draw.

Teacher B: I hope you're right. I hope it isn't a reflection on the teacher.

譯

老師A：你知道瑪麗安・歐爾森的學生黛博拉嗎？

老師B：怎麼會不知道。

老師A：她要代表本州參加全國的拼字比賽，真是不可思議。

老師B：沒錯，我羨慕極了……，儘管我也投入很多的心力在指導我的學生，卻從來連一個州立冠軍也沒有。

老師A：嗯，我想是籤運的關係。

老師B：但願如此，希望這不是反映了老師的能力。

envy這個字有名詞與動詞的用法。記住envy的動詞用法對你的表達很有幫助喔。

- I wish I could sing like you. I really **envy** you.
  真希望我能唱得跟你一樣好，我真的很羨慕你。
- I **envy** you your harmonious lifestyle.
  真羨慕你有和諧的生活方式。
- I **envy** her for the way she attracts men.
  她對男性有這麼大的吸引力，真是羨慕。

❖「酸葡萄心理」的表現

著名的《伊索寓言》裡有個〈狐狸與葡萄〉的故事，故事中狐狸實在是很想吃葡萄，但是卻怎麼也摘不到，故而氣憤地說那些葡萄一定是酸的，悻悻然地離開了。英文裡就將這種「吃不到葡萄說葡萄酸」的心理用**sour grapes**來表現。

TRACK No.34

Wife: What happened?

Husband: Well, nothing really...I mean, why should I care? Getting posted to Spain would cause a lot of disruption and headaches for everyone.

Wife: Someone got posted to sunny Spain?

Husband: Yeah, but seriously, it's a hardship post as far as I'm concerned.

Wife: Sounds like **sour grapes**, my dear. You never told me you wanted to go to Spain.

太太：怎麼了？
先生：也沒什麼啦…，這沒什麼好在意的，調到西班牙會給大家帶來很大的衝擊和麻煩。
太太：有人調到陽光普照的西班牙了嗎？
先生：對啊，但說真的，我覺得那是個辛苦的職位。
太太：聽起來像酸葡萄心理呢，老公，我怎麼都沒聽你提過想去西班牙。

「酸葡萄心理」的表現，其實有很多種不同型態的講法。例如上述會話中先生說的：...why should I care?/...it's a hardship post as far as I'm concerned.，這種說法雖然表面上看起來好像一點也不在意，但其實話中隱含著羨慕。

那麼，這種情形與真的毫不在意時又要如何分辨呢？這時，大家就得從語調及說話的神情去判斷。

❖ possessive

對於對自己來說非常重要的對象，人們有時候也會把對方視為自己的財產般緊盯著。中文裡「視為禁臠」的說法即用以描述這樣的行為，會做出這種行為其實是不希望如此重要的人被他人搶走，或是害怕如此重要的人會喜歡上別人。

- John became quite **possessive** about his new wife and told her to stay home every evening.
  約翰對他的新婚太太佔有慾很強，要她每晚都待在家裡。

13 惡意的表現(1)

最近，不論是學校或公司裡都經常傳出學生被欺負或新同事遭排擠的現象。常令人不禁在想：同樣是人，為什麼不能做到互相關懷、體諒呢？但是，人類不友善的行為是自古以來就存在的了，你去翻翻這類的英語表現，也是相當多的。懷有惡意是自古以來就存在的，要說是問題越來越惡化，還不如說是人類一直未進步更為貼切吧。

❖ 不必要的惡意 mean

若要指他人並不是那樣「惡意」，只是不是很友善，其行為、態度破壞了氣氛，令周遭的人心情不佳，可以用**unkind**這個字。在這裡，我們要介紹一個比unkind更為口語的**mean**。特別是在年輕人的對話中經常出現。

- Don't so **mean**.
  別這麼壞心。

看到我們把這一段落的標題定為「不必要的惡意」，想必一定有讀者會直覺地想問：那，也有「必要的惡意」嗎？當然沒有，這裡「不必要的」指的是「沒有打擾對方的必要卻前去打擾人家」的意思，例如：

- It was **mean** of you to disturb her while she was taking a nap.
  她在午睡你還去吵她，真是壞心。

下面是一段父女之間的對話。

TRACK No.35

Daughter: Dad, why can't I stay out till midnight? The dance doesn't get over till 11, and everybody's going out after that.

Father: Well, that's "everybody" minus one. You don't have to stay at the dance till it's over. And I want you home by 11:30, not a minute later.

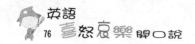

Daughter: Dad, you're so **mean**! You don't want me to have a social life. You don't want me to have any friends.

Father: You'll have plenty of time with your friends before 11 pm.

Daughter: I can't believe how old-fashioned you are. Dad, this is the 21st century!

Father: Yes, it is. And I fully expect that in about 25 years, you'll be setting the exact same curfew for your 15-year-old daughter.

Daughter: You're impossible.

譯

女兒：爸，為什麼我不能在外面待到半夜？舞會十一點才會結束，而且之後大家都還要去別的地方玩。

父親：嗯，「大家」不包括妳，妳不一定要等到舞會結束才離開，而且我要妳在十一點半以前回到家，晚一分鐘都不行。

女兒：爸，你很壞耶！你都不讓我有社交生活，都不讓我交朋友。

父親：要交朋友，十一點以前多的是時間。

女兒：我真不敢相信你這麼老古板耶，爸，都二十一世紀了！

父親：我承認，不過再過二十五年，妳也一定和我一樣，給妳十五歲的女兒立下門禁。

女兒：爸，你真的是讓人受不了。

❖ 有意圖的惡意 nasty

心懷惡意並意圖傷害他人的態度，在英文中以**nasty**這個形容詞來表現。當認為其懷有的惡意程度相當高，已經到了用mean不足以形容的時候就會用nasty這個字。最接近該意的同義字應該是**malicious**這個字吧，malicious是從表示「惡意」的malice所衍生出來的形容詞，由此可知該字帶有相當強烈的心懷惡意之意。

下面是一段母子之間的對話。

TRACK No.36

Mother: Jimmie, come over here.

Son: Yeah, Mom...?

Mother: We need to talk. It seems you have a **nasty** habit of terrorizing the girls in the neighborhood.

Son: What? What did I do?

Mother: Well, I'm a little vague on the details, but I've been approached by more than one parent.

Son: Mom, those girls are just mad because I won't let them in my tree house. It's private property.

Mother: I see. Well, maybe, it's time for some of the dads in this neighborhood to build tree houses for their daughters!

譯

母親：吉米，過來一下。

兒子：媽，什麼事……？

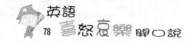

母親：我們要談一下，你好像有恐嚇附近小女孩的壞習慣。

兒子：有嗎？我怎麼了？

母親：嗯，細節我是不清楚，不過不止一個家長跑來跟我說了。

兒子：媽，我不讓那些女孩進我的樹屋，她們就生氣了，可是那是私人財產耶。

母親：原來如此，那好吧，也許該是這一帶的爸爸們替他們的女兒蓋樹屋的時候了！

approach這個字最基本的語意是「接近～」之意，但是依狀況也有各種不同的語意。例如：I have been approached by a headhunter.為被人力仲介公司看上、被挖角的意思。上面的對話中母親所說的則是「家長跑來對我抱怨了」之意。

此外，nasty這個形容詞具有既可以使用於人的身上也可以使用於無生物的特性。在上述對話中，使用的是a nasty habit的講法，用以形容habit這樣的無生物。順帶一提，a nasty furniture指的並不是「懷有惡意的家具」而是「醜陋的家具」之意。而You've got a nasty mind.則是「你這個大色狼」之意，千萬要注意。

❖ 惡意的行為表現

《**bully**》

「校園暴力」是個日益嚴重的問題，這種欺負他人的行為在英語中使用**bullying**來表現。動詞則用bully這個字。

- He stopped going to school because he **was bullied** at school.
  因為在學校受人欺負，他不去上學了。

《**treat someone like dirt**》

就如同字面所表現出來的，「對待人就像對待垃圾一樣」，真實地表現出了行為背後所懷的惡意。這個用法的語感強烈，日常會話中經常用於形容不尊重他人的情況。

- I'm going to quit this company. I'm fed up with **being treated like dirt**.
  我要辭職，這家公司視我如糞土，我受夠了。

14 惡意的表現(2)

關於心懷惡意的表現還有很多，但在這裡我們要接續上一篇惡意的行為表現，再來看看幾個相關的說法。例如：苛刻對待某人、到處挑毛病找麻煩、或是對別人惡意的行為採取報復的手段等。此外，若要用來形容懷有惡意之人的性格表現時，cruel（殘酷的）、ruthless（無情的）、heartless（無情的、冷酷的）也是幾個簡單的說法。

❖ 苛刻地對待某人 be hard on～

藉由嚴厲地批評或言語攻擊，苛刻地對待某人的行為，就是**be hard on**～。帶有批評有欠公正的語感，不論是被批評的人不認同，或是旁觀者也覺得不太公平的時候，都可以使用be hard on～的說法。特別是周圍的人想要勸解時經常使用。

- Don't **be** too **hard on** her. She didn't know what she was doing.
  不要對她太嚴苛，她不知道自己在做什麼。

通常會像上述的例句一般，說明為其辯護的理由。下面是一對夫婦談到教導兒子的對話。

TRACK No.37

Husband: Honestly, I don't know what you think you're teaching our son...

Wife: Harold, what is it you're so upset about?

Husband: I get home from working two jobs, I'm dead tired, and the first thing I do is trip over a pair of skates in the driveway.

Wife: Sweetie, I'm sorry.

Husband: You need to teach Harry to tidy up his toys.

Wife: Don't **be** so **hard on** him, he's only five.

Husband: There you go again, making excuses for him.

譯

先生：老實講，真不曉得妳是怎麼教兒子的…。

太太：哈洛德，什麼惹你這麼不高興啦？

先生：我忙完兩份工作回家，都快累死了，結果回到家第一件事，就是在車道被溜冰鞋絆倒。

太太：老公，對不起。

先生：妳要教哈利把玩具收拾好。

太太：不要對他這麼嚴苛，他才五歲。

先生：妳又來了，替他找藉口。

上面的對話真是真實地反映了教育孩子及工作繁忙的壓力呢。仔細想想，當我們嚴苛地責備他人的時候，雖說可能是對方真的做得不夠好，但是換個角度想，大多時候不也正表現出自己急躁不安的情緒嗎？對於這種自我要求非常嚴格的人，對他說"Don't **be** too **hard on** yourself."也是經常聽到的說法。

❖ tit-for-tat communication

被他人說了惡意中傷的話，想必每個人的心裡都會受傷吧。所以，自然而然地會想要保護自己。而自我保護最常用的方法便是反擊回去，因此，也就有了「以牙還牙」、「以眼還眼」這樣的說法，真實地反映出了每一個人碰到這樣的事情時，所會有的心理狀態。

英文中也有許多用以形容上述類似狀況的說法，**tit-for-tat** 是語氣比較輕微、口語的表現方式。接近於「反唇相譏」、「針鋒相對」的語感。姑且不論被他人以言語中傷的時候，回報以惡毒的字眼是否是能為自己帶來好處，但這種方式似乎在任何文化中都普遍存在著。

TRACK No.38

David: Alyson, you and Ken have such a great relationship. What's your secret?

Alyson: Secret? Well, good communication, I guess.

David: Yeah. Me and my wife seem to fight all the time, just about little, irritating kinds of stuff. It's mostly **tit-for-tat**.

Alyson: Yeah. That kind of nit–picking is really destructive.

David: I guess you're right. We always end up saying "I was just joking," but it still hurts.

Alyson: Yeah, you know, it's little things like that,

that can turn into a big problem. Instead of letting yourself get annoyed by her faults, why not focus on her good points?

譯

大　衛：愛麗森，你跟肯恩的關係這麼好，有什麼祕訣嗎？

愛麗森：祕訣喔？嗯，我想是良好的溝通吧！

大　衛：對啊，我和我太太似乎總是在一些惱人的小事上起爭執，通常誰也不讓誰。

愛麗森：對啊，吹毛求疵的殺傷力很大。

大　衛：妳說得沒錯，雖然我們最後都會說：「我只是開玩笑的啦！」但是傷害已經造成了。

愛麗森：這一類的小事也可能成為大問題。不要因為她一點小錯就生氣，何不多想想她的優點呢？

上述對話中，愛麗森使用了**nit-picking**這樣的說法，nit-picking和**pick on** ～ 相同，都是與「找碴」、「挑剔」等語感相近的慣用表現。對於對方不懷好意的說話方式，同樣地也以不客氣的口吻頂回去就是tit-for-tat，下面的說法就是一例：

- Why are you always **picking on** me?
  你為什麼每次都要找我的碴？

這樣的回話方式，就是要將自己對於對方的說話態度感到不高興的情緒用力地傳達出去。雖然默默忍受也是方法之一，但這樣總有一天自己也會受不了而爆發開來。

❖ 形容懷有惡意的性格表現

俗話說:「一樣米養百樣人」,既然這個世界上有著各式各樣的人存在,當然也會有人性本惡的壞人。因此,自然也會有許多字是用來形容這樣的人格特質,我們舉些簡單的例子來看看。

《**cruel**》

- There seem to be many **cruel** people committing crimes these days.
  最近好像有很多殘忍的犯罪者。

《**ruthless**》

- He was a **ruthless** dictator.
  他是個無情的獨裁者。

《**heartless**》

- He was a **heartless** businessman who created his fortune on his own and who didn't trust anybody.
  他是個鐵石心腸的生意人,錢都是靠自己賺來的,從不信任別人。

15 笑與幽默的表現(1)

前面我們談論了許多關於心懷惡意的講法，接下來，我們要來看一些比較正面的英文講法，沒錯，就來看一些幽默風趣、胸襟寬大的表現吧。

我們常說笑可以治百病，就算碰上了非常艱辛的狀況也要一笑置之，繼續向前邁進，這樣的行為表現隱藏了多少睿智啊，發掘這些人生智慧也是學習英語的樂趣之一呢。

❖ 各式各樣的笑

講到「笑」的英文表現，大家一定會想到「laugh」，但是其他還有很多各式各樣的「笑法」，以下就舉幾種不同的例子。

《**have a good laugh**》（由衷地笑）

- First we were all worried about this, but after everything was happily resolved, we **had a good laugh**.
  一開始我們都很擔心，後來一切都圓滿解決之後，大夥都笑得很開心。

《**chuckle**》（吃吃地笑）

通常用以形容低聲輕笑的樣子。

- What are you **chuckling** about?
  你在吃吃地笑什麼?

《**burst out laughing**》（哄然大笑）

- When he told his funny joke, everybody **burst out laughing**.
  他說了笑話之後，大家哄堂大笑。

《**giggle**》（咯咯地笑）

低聲輕笑的狀態與chuckle相類似，但giggle有一直持續地笑著的意思。

- This famous actress **giggled** throughout the interview.
  整個訪談，那位知名的女演員從頭到尾咯咯地笑個不停。

❖ laugh at oneself

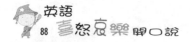

接下來，我們來看一下**laugh at oneself**的慣用表現。就如同文字本身所表現出來的，表示「笑自己」的意思。當自己不小心做錯了事，或是被他人指責缺點的時候，以自我解嘲的方式取代生氣動怒，把它當作笑話，自己也來嘲笑一番。這樣的表現方式，經常使用於下面的句子中。

- Don't take yourself too seriously. It's important to **laugh at yourself sometimes**.

  不要把自己逼得太緊，有時自我解嘲也是很重要的。

TRACK No.39

Mother: Hey, Jerry, why the sad face?

Son: Stop it, Mom. Don't make it worse.

Mother: What's the matter?

Son: Everybody's calling me "four eyes" at school, now that I'm wearing these dumb glasses.

Mother: "Four eyes","double vision","geek"...

Son: Mom! Stop it!

Mother: Son, don't you see? It's important to be able to **laugh at yourself**...if you asked Miss Nixon to say "geek" during roll call, everybody would really crack up and I bet the other kids would stop calling you names.

Son: Yeah? You think so? Well, I guess I could try it.

譯

母親：傑利啊，怎麼一臉難過的樣子？

兒子：不要問了，媽，講出來只會更難過。

母親：到底怎麼啦？

兒子：我戴了這副愚蠢的眼鏡以後，學校同學都叫我「四眼田雞」。

母親：「四眼田雞」、「兩眼昏花」、「怪胎」…。

兒子：別說了！媽！

母親：兒子啊，你還不了解嗎？學會自我解嘲是很重要的…，假如你請尼克森小姐點名的時候就叫你「怪胎」，大家一定會笑翻的，我敢打賭其他小朋友一定不會再這樣說你了。

兒子：喔？妳這麼認為嗎？好吧，我想我該試試看。

❖ Can't you take a joke?

與laugh at oneself使用的情況相同，經常也被掛在嘴邊的是“**Can't you take a joke?**”。take a joke就如同字面所表示

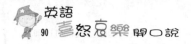

的，是「經得起開玩笑」之意，碰到因某事而被大家嘲笑的窘境時，可以適度地調整自己的心態，和大家笑在一起的意思。

你也可以用肯定的方式，說成**can take a joke**的說法。我們來看一下*Longman Language Activator*辭典上所列的例句。

- I hope she **can take a joke**, otherwise she's going to have a real surprise when she sees what they have done to her car.

  我希望她經得起開玩笑，否則當她看到他們對她的車所做的事時恐怕會大吃一驚。

用Can't you take a joke?這樣附加問句的方式，語意的背後帶有微妙的語感。表面上是「我開的玩笑你不懂嗎?」，其實帶有「不能把這件事當成笑話來看待，你這個人真的是有問題。」的語感。

對於被對方這樣說，覺得根本無法將這件事當成笑話一樁，全然無法認同對方的說法時，這樣的狀況也有相對回應的說法。我們來看看下面的對話就明白了。

TRACK No.40

Sister: So, Richie, where're my car keys?

Brother: Car keys? Oh,...yeah, I hope you don't mind, I meant to ask you, but I lent the car to my friend Alex...he had a hot date tonight.

Sister: Richie, I lent the car to you, not your friend.

Brother: Come on...**can't you take a joke**? I said I needed the car. Well, I needed it to lend to Alex!

Sister: It's not funny, on top of which, you promised you'd have it back by 9 p.m. It's 10:30 now.

Brother: Right! But you didn't say which day?

Sister: Richie, you're really out of line this time.

譯

姊姊: 利奇，我車子的鑰匙呢?

弟弟: 車鑰匙? 喔…，希望妳不要在意，我本來想先問妳的，不過我已經把車借給我朋友亞力士了…，他今晚有個火熱的約會。

姊姊: 利奇，我是把車借給你，不是借給你朋友。

弟弟: 別這樣嘛…，怎麼開不起玩笑? 我是說我需要用到車，就是指需要把車借給亞力士嘛!

姊姊: 這一點也不好笑，而且你答應晚上九點要把車還給我，現在都已經十點半了。

弟弟: 是沒錯，不過妳又沒說是哪一天的九點。

姊姊: 利奇，你這次實在是太離譜了。

雖然對話中弟弟對姊姊說了Can't you take a joke?，但相信弟弟的心中也非常明白，把它當成說笑，其實只是自己一廂情願的做法。Can't you take a joke?的說法，在上述這樣牽強的情況下也經常被使用。

16 笑與幽默的表現(2)

幽默感能使溝通更增添迷人的趣味。所謂幽默感，並不是把人當傻瓜般地嘲笑，或是毫不顧慮對方的感受而取笑。幽默感並不是來自這樣的方式，而是對於發生的狀況，改以不同的角度來看待，希望能以微笑來迎接美好人生的態度。幽默感應該可以說是這樣快樂的人生觀吧！英文中稱幽默感為sense of humor。

❖ see the funny side of ～

英文中有"Every cloud has a silver lining."這樣的一句諺語，就如同字面意思所表示的，為「每一片烏雲之後都藏有銀色的光」的意思，表示即使是遇上不幸的事件，相信在不幸的背後也應該藏有很棒的事情在等著你之意。

see the funny side of～的表現方式，正與這樣的諺語不謀而合，其意就是：在面對非常艱難的問題的時候，或是事態嚴重、窒礙難行的時候，或是碰上討厭的事情的時候，我們都應該看看事物有趣的一面。接著，我們就來聽聽下面的對話。

TRACK No.41

Mary: My mother is driving me crazy. I feel like she's about to push me over the edge.

George: Whoa! Slow down. Take a deep breath. Tell me what's going on.

Mary: Every single day this week, she called me up to tell me that I should be more careful and not talk to strangers, like I'm a three-year-old kid or something!

George: OK. So, she's playing the "protective mom", role...

Mary: No kidding! And then today, she tells me that she met this "nice old man" at McDonald's, and they had coffee together and now they're planning to go out!

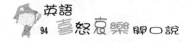

George: "Out" as in "on a date"?

Mary: Yeah.

George: Can't you **see the funny side of** it?

Mary: Funny? Well, maybe.

譯

瑪麗：我媽快把我逼瘋了，我覺得她想把我推向絕路。

喬治：哇！慢慢講，深呼吸，跟我說是怎麼回事。

瑪麗：這禮拜每一天，每一天喔，她都打電話給我，要我多加小心，不要跟陌生人說話，把我當成三歲小孩一樣！

喬治：看來妳媽只是發揮「母性保護」的本能…。

瑪麗：別鬧了！然後今天，她跟我說她在麥當勞碰到一個「老好男人」，然後他們一起喝咖啡，現在還打算一起出去！

喬治：「出去」是指「出去約會」嗎？

瑪麗：對啊。

喬治：妳難道不能往有趣的方面想嗎？

瑪麗：有趣？也許吧！

❖ 使人覺得有趣

英文中有**amuse**這樣的動詞，用以表示「使人覺得有趣、使人快樂、使人歡笑」的意思。我們來看一下例句。

- The girl **amused** herself by playing marbles.

  小女孩玩彈珠自娛。

- He's good at **amusing** the children by telling them stories.
  他很會說故事來逗小孩子高興。
- We were **amused** by the movie.
  這部電影令我們很開心。
- It's highly **amusing**.
  這十分有趣。
- She **amused** the guests with her witty jokes.
  她以詼諧的笑話娛樂客人。

如果用否定型態，變成**be not amused by**～的話，當然，意思也會相反，變成表示「不高興」的表現。這樣的表現並不帶有強烈的攻擊意涵，只是藉由表明不快的感覺，促使對方反省的語感，意思是「(這樣的事情）一點也不好笑」。接下來是一段祖母與孫子之間的對話。

TRACK No.42

Grandmother: Young man! Come here right now!

Grandson: Aye, aye, Grandma!

Grandmother: I **am not amused by** your idea of drying the dishes.

Grandson: But Grandma...you said to dry them, so I figured the fan would do a better job than if I did it myself!

Grandmother: Really! I don't know where you come up with such nonsense.

譯

祖母：小傢伙，現在馬上過來奶奶這邊！

孫子：是，遵命，奶奶！

祖母：你把碗弄乾的方法我覺得一點也不好笑。

孫子：可是奶奶…，妳說要把碗弄乾，所以我想用電扇弄乾會比我自己弄乾還要快。

祖母：說真的！我不知道你打哪想出這些亂七八糟的做法。

對話中，孫子用了Aye, aye, Grandma!這樣的回答方式。aye, aye這樣的表現方式，就像大家經常聽到的Aye, aye, sir!（是！長官！），是船上的士兵向軍官表達敬意時所使用的話語，用於上述對話中，似乎帶有開玩笑之意。

❖ 開玩笑的人之相關表現

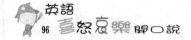

英語世界中，對於sense of humor（幽默感）相當重視，

若你詢問未婚女性理想中的異性應具備怎樣的條件時，相信大多都會回答「具有幽默感的人」吧！所以，He has a good **sense of humor**.（他深具幽默感）絕對是句稱讚他人的話。但以下這些表現就帶有貶意了。

《**joker**》

這個字與其說是開玩笑的人，還不如說是「惡作劇的人」，意義還更為貼切一些。

- Some **joker** locked the door and hid the key.
  有人惡作劇，把門鎖了還把鑰匙藏起來。

《**flippant**》

這個字指應該正經的時候卻還在開玩笑，與其說他有幽默感，倒更讓人覺得他是個「輕浮的人」。flippant這個字本來就是「輕率的、輕薄的」的意思。

《**smart aleck**》

指某人非常地驕傲自滿，把其他人都當傻瓜，這種自作聰明的人英文中便以smart aleck來稱呼。

- He's such a **smart aleck** that nobody really likes him.
  他這個人老愛自作聰明，沒有半個人是真正地喜歡他。

17 笑與幽默的表現(3)

俗話說「笑門迎福來」，據說在美國曾有這樣的真人真事發生，一位被醫生宣告得了癌症的知名人士，病情已經到了藥石罔效的地步，必須放棄治療。但他以無比的意志力，決定以笑容來戰勝病魔，他不斷地觀看喜劇片，讓自己沉浸在歡樂的氣氛中，最後癌症竟然不藥而癒了。

因此，說笑話逗樂他人也應該算是一種無形的醫生呢。但是，嘲笑別人的這種笑恐怕沒有任何治癒疾病的功效吧!

❖ laugh at～與 make someone laugh

「笑」只要一點點不同就很容易變成「嘲笑」，尤其是以我們不熟悉的英文來表現，更應該區分出這之間細微的相異。

- It's not nice to **laugh at** people's disabilities.
  嘲笑別人無能是很沒禮貌的。

就如同上述例句所示，laugh at～是「嘲笑」的意思，與此相對還有下面這樣的說法。

- It **makes me laugh** to see you like that.

如果是這種講法的話，則是語氣中帶著驚訝，「看到你這副樣子，讓我忍不住要笑出來」，所表現出來的笑容是天真無邪的，帶有純真的語感。

下面是一段姊弟之間回憶起兒時的對話。

TRACK No.43

Sister: Hey, Henry, this is a novelty, brother and sister time for us adults.

Brother: Yeah. It feels like old times just hanging out together.

Sister: You know, it used to **make me laugh** so hard when you'd sleepwalk...do you remember?

Brother: That's one of the characteristics of sleepwalkers. We don't remember.

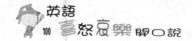

Sister: When my son started sleepwalking, it didn't seem quite so funny.

Brother: It's all a matter of perspective, isn't it? A sister loves to have something to tease her brother about, but a mother just wants to protect.

譯

姊姊：嘿，亨利，真是稀奇，我們姊弟倆長大後還能這樣聚在一起。

弟弟：對啊，彷彿又回到往日一起渡過的時光。

姊姊：對了，你以前還會夢遊，我都快笑死了…，你還記得嗎?

弟弟：夢遊者的特質之一就是醒來之後什麼都記不得了。

姊姊：當我兒子也開始夢遊以後，我才發現似乎並不是那麼有趣。

弟弟：這是因為看事情的角度不一樣，不是嗎? 做姊姊的總喜歡取笑弟弟什麼，可是身為母親，卻只想保護孩子。

❖ crack up

英文中用來形容「笑」還有**crack up**這樣的表現，crack這個字最初的語意是「爆裂」的意思，慢慢衍生出用以形容「因講到好笑的事而笑到人仰馬翻」的語感。這個語詞也有名詞形態，當我們說：He's a **crack-up**，意思就是「他是個有趣的傢伙」。接下來是一段同學之間的對話。

TRACK No.44

Kenji: Hey, Ellen, I was looking for you!

Ellen: Yeah? What's up?

Kenji: Well, I was thinking about changing speech classes, and I wanted to ask you how Prof. Richards was...You had him last year, didn't you?

Ellen: Yeah! He was great!

Kenji: In what way?

Ellen: Well, he was lively, he was fair and he was a good communicator. You always knew exactly what he expected of you.

Kenji: Yeah, a communicator is good, but what do you mean by "lively"?

Ellen: I mean he was entertaining. He's a total **crack-up**, and that made the class fun.

Kenji: Oh, I get it, he was "alive", so that made him "lively".

Ellen: Yeah, Kenji, you're really **cracking me up**, too. I think you could use a class in what's really funny.

譯

健二：嘿，愛倫，我正在找妳！

愛倫：喔？什麼事？

健二：嗯，我的演說技巧課程想要轉班，所以想問妳理查教授教得怎麼樣？妳去年在他班上對不對？

愛倫：對呀！他很不錯喔！

健二：哪一方面？

愛倫：嗯，他上課很lively（生動活潑）、人很公平而且善於溝通，你總是能確切掌握他期望你表現出什麼。

健二：嗯，善於溝通很不錯，不過妳剛說的lively是什麼意思？

愛倫：我的意思是說他很會娛樂大家，他是個非常有趣的人，讓他的課變得趣味十足。

健二：喔，我懂了，他是alive的（活著的），當然很lively（生動）囉。

愛倫：唉，健二，你也實在太耍寶了。我想你真的該去選些真正有趣的課。

對話中，健二似乎太拘泥於 lively的意思了，反而抓不到愛倫所想表達的重點，讓愛倫忍不住用開玩笑的語氣說了他一下。動詞crack up與名詞crack-up是在日常會話中使用頻率相當高的語詞，請大家一定要記住。此外，愛倫在最後用了...you could use...這樣的講法，這句話裡用了假設語氣的could，表示如果選了那樣的課的話，一定有所助益的。話中似乎帶有「健二實在一點也不懂什麼是有趣」的語意。

❖「使人發笑」的表現

在這個世界上有許多人非常喜歡把歡笑帶給別人，例如「相聲說唱家」就是以逗笑大眾為職志，英語裡也有被稱做entertainer的專業表演者，他們都是以說笑話娛樂大眾來建立起自我的成就感，大家開心他們也就跟著開心。接下來我們就延續之前介紹過的crack up，再介紹幾個「使人發笑」的表現吧。

《**raise a laugh**》

這是「使人發笑」之意的慣用表現，特別用在氣氛有點冷場時，藉由說說笑話，讓凝結的氣氛熱絡起來。

- I tried to **raise a laugh** with some jokes but couldn't make it happen.
  我想講些笑話引起笑聲，但辦不到。

《**have someone in stitches [fits]**》

相當於中文裡常說的「笑到肚子痛」，英文裡的說法正是have someone in stitches [fits]。

- He impersonated our president and **had everybody in stitches** at the party.
  他模仿我們的總統，讓宴會上的每個人都笑翻了。

18 後悔的表現

表示「後悔」最貼切的一句話大概就是I wish I hadn't done that.（真希望我沒那樣做）吧。這是採用假設語氣，表示對以前做的事感到懊悔，除了用假設語氣表示後悔之外，還有I could have kicked myself.等有趣的表現。

接下來，我們就從各種不同的角度跟大家介紹「後悔」的表現，還有其他「不後悔」的表現。

❖ 因後悔而自責

因後悔而有的行為之一便是「自責」，故英語中也有 **I could have kicked myself.**的表現。就如同字面意義所表現出來的，為「恨不得踢自己」的意思，這與中文裡「地上要是有洞的話，恨不得鑽進去」是類似的想法，只是因為文化的不同，而有不同的表現方式。表現後悔時，除了可以說 **I could kick myself.**之外，**Why did I do that?**（為什麼我會那樣做?）或是**Why didn't I do that?**（為什麼我不那樣做?）也都是自責的表現。

TRACK No.45

Annie: Oh, David, what am I going to do? I feel so stupid.

David: Why? What happened?

Annie: Well, I was planning to invite Sharon to the party tomorrow, but I got so busy and didn't get all the invitations out. She was at the supermarket this morning, but I was so busy shopping for the party I never invited her.

David: So, why don't you call her now?

Annie: That's just it! Jenny was visiting her after that and mentioned something about the party. They both wondered why she had been left out. **I could kick myself.** It's all my fault.

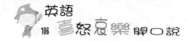

安妮：唉，大衛，我該怎麼辦，我真是個笨蛋。

大衛：怎麼了？發生了什麼事？

安妮：嗯，我本來就打算邀請雪倫來參加明天的派對，但是我實在太忙了，所以沒有把全部的邀請函發出去。我今天早上還在超市看到她，但是因為我忙著採買派對要用的東西，又沒邀請她。

大衛：那，妳怎麼不現在就打電話給她？

安妮：我也是這麼想！但是珍妮在那之後去找過她並談到有關派對的事，她們都在猜想她怎麼會被漏掉了。我真該打，都是我的錯。

❖ 後悔的具體表現

The one thing I would have done differently is...是回顧過去，具體地表示「要是可以從頭來過，有件事我會用不同的方式來做」之意，是雙方在分享彼此的心情時經常會使用到的表現。當對方聽到這樣的講法時，想必也會仔細傾聽吧！

接下來，我們來聽一段收音機訪問的對話

(Radio interview)

Reporter: For our listeners just tuning in, we're here with Hugh Sullivan, the wealthiest man in the world. Mr. Sullivan, thank you for agreeing to talk with us today.

Sullivan: My pleasure.

Reporter: So much has been said about you, but can I ask you one quick question? Looking back on your life, do you have any regrets?

Sullivan: Well, I don't think you can get to where I am in life without having failures and regrets.

Reporter: Would you be willing to share one?

Sullivan: Well, I guess **the one thing I would've done differently** is to spend more time with my kids. We're not close and in many ways, I really don't know them.

（收音機訪問）

記　者：剛轉到我們節目的聽眾們，我們今天邀請到的是全世界最富有的人——休・蘇利文先生。蘇利文先生，謝謝您今天接受我們的訪談。

蘇利文：這是我的榮幸。

記　者：剛剛我們已經聊了許多有關您的事情，不過我可以簡短地問個問題嗎？回顧您過去的人生，您有沒有什麼遺憾呢？

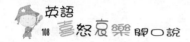

蘇利文：嗯，我想任何人要到我今天的地位沒有失敗和遺憾是不太可能的。
記　者：可不可以跟我們分享其中之一呢?
蘇利文：我想要是可以從頭來過，我會多花一點時間陪我的小孩，我們並不親近，而且有很多方面，我也不是很了解他們。

❖ 後悔的一般表現

要表現出「事情變成這樣我真的覺得很難過、很遺憾」等的心情時，最常用的字彙便是**sorry, regret, wish**等。為了讓大家瞭解這些字在使用上的不同之處，以下舉例加以說明。

《**sorry**》

- I'm **sorry** for Jack, but it's his own fault.
  我替傑克感到遺憾，不過這是他自作自受。
- My aunt always felt a little **sorry** that she had never married.
  我阿姨對於自己沒有結婚的事老是覺得有點遺憾。

順帶說明一下，要是你想說：「如果你做那件事的話，你一定會後悔的」，可以說成“If you do that, you'll be **sorry**.”。

《**regret**》

- I deeply **regret** having lost contact with her.
  和她失去聯絡，我深感後悔。
- I **regret** that he failed the examination.
  他沒通過考試，我覺得很可惜。

《**wish**》

- I **wish** I hadn't said such a cruel thing to her.

  我真希望當時沒對她口出惡言。

- I **wish** you had been here yesterday.

  要是昨天你在場就好了。

❖「不後悔」的表現

《**have no regrets**》

- I **have no regrets**.

  我一點都不後悔。

- I **have no regrets about** the way we raised our children.

  我對我們教養孩子的方式一點都不後悔。

《**be not sorry**》

- She says she**'s not sorry** she never got married.

  她說一點也不後悔她沒結婚。

《**would do the same thing again**》

這是源自與one thing I would have done differently next time is...相反的說法。

- Even though I was criticized a lot about this, I **would do the same thing again** under the same conditions.

  雖然有很多批評，但同樣的情況再來一次，我還是會這樣做。

19 罪惡感的表現

中文裡有「罪惡感」的講法，英文中也有sense of guilt的講法。若要說「覺得有罪惡感」則說成feel guilty。因「罪惡感」其實跟「良心」頗為相關，所以也有be on one's conscience（良心受到譴責）的表現，中文裡還有「內疚」、「覺得有愧於心」的講法，這些都是與罪惡感有關的講法。

❖ feel guilty, be on one's conscience

相當於「覺得有罪惡感、內疚」最普遍的講法便是**feel guilty**吧，這個講法在日常會話中也經常使用。**be on one's conscience**的說法在語意上也大致相同，都是「良心受到譴責」、「感到愧疚」的意思。

接下來我們來聽一段對話吧，這是一段高中男女朋友之間的對話，他們在談論是否要將男朋友介紹給女方的雙親認識的話題。

TRACK No.47

Nancy: Eric, you know last night when we went out to the movies at the mall...? Well, I told my parents I was with Sandra and Bessie.

Eric: Did you have to? I mean doesn't it make you feel bad to lie to them?

Nancy: I guess...but it just seemed easier than going through the interrogation about you.

Eric: Yeah, but it'll **be on your conscience** now...I'm happy to go over to your place to meet your folks.

Nancy: No way, Eric...you don't know my dad. He gets hysterical when anyone points out that his little girl might be growing up!

Eric: Well, he needs to face it sometime. In the meantime, you're sneaking around and **feeling**

guilty for no reason.

譯

南　希：艾瑞克，我們昨天不是一起去購物中心看電影嗎…？可是，我跟我爸媽說我是和珊黛拉還有貝絲在一起。

艾瑞克：何必呢？對他們說謊妳不會覺得不好受嗎？

南　希：我是想說…，不過比起他們問東問西，這樣似乎省事多了。

艾瑞克：是沒錯，不過妳良心會過意不去…，我很樂意到你們家去見妳爸媽。

南　希：才不要，艾瑞克…，你不知道我爸，只要有人說他的小女兒長大了，他就變得歇斯底里！

艾瑞克：可是他有朝一日總得面對這個問題，妳沒理由在那之前都要偷偷摸摸，內心充滿罪惡感呀。

我們來看看其他一些類似的表現法。

《feel [be] ashamed》

當對於自己所做過的事感到羞恥時，即可用feel [be]

ashamed來形容事後的心理狀態。

- I'm **ashamed** to have made such insensitive remarks to her.
  對她說了這麼沒大腦的話，我覺得很羞愧。

《**feel responsible**》

發生了不幸的事情時，覺得當時若是自己能適時伸出援手的話，事情將不至於演變成這樣的地步，認為自己對這整件事情其實也有責任，這樣的心情就可以用**feel responsible**來表現。

- I **feel responsible** for his death.
  他的死我也有責任。

《**feel bad**》

這是會話中常會出現的講法，其語意與feel guilty, feel ashamed幾乎相同，是較為口語的表現方式。

- I **feel** really **bad** about firing those people who have families to support.
  解僱那些還要養家活口的人，我心裡也很難過。

❖ have no qualms about～

feel guilty的相反表現就是**have no qualms about**～，表面上看來，直譯的話就是「對～心理沒有任何不安」，但其深層的含意卻帶有「其他人或許都認為這樣做可能不太好，但他卻一點也不認為這樣做有什麼不對」的語感。

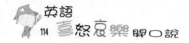

我們來看看下面這兩位大學同學之間的對話。

Mary: I feel so sorry for Annie. Chuck's been seen all over campus cheating on her. But it looks like she'll be the last one to know.

David: I **have no qualms about** telling her that he's been seeing Crystal. In fact I'm going over to tell her right now...

Mary: David, don't. You'll just hurt her, and it's none of your business anyway. It's really just between them.

David: Well, if it's just between them, why does the whole campus know except Annie?

Mary: You know what I mean...she'll figure it out.

譯

瑪麗：我真替安妮難過，全校都知道恰克在騙她，可是她似乎是最後一個才會知道這件事的人。

大衛：由我去告訴她恰克和克麗絲朵在一起我一點也不會覺得良心不安。事實上，我現在就要過去跟她說。

瑪麗：大衛，別這樣。你這樣只會傷害她，而且這也不關你的事，是他們兩人之間的事。

大衛：如果這真的是他們兩人之間的事，那怎麼全校都知道了，唯一不知道的只剩安妮？

瑪麗：你知道我的意思吧⋯，她自己會發現的。

❖ a clear conscience與a bad conscience

要表現出「我捫心自問，自認對於這件事情問心無愧」時，英文可用I have **a clear conscience.**或My conscience is clear.等說法。此外，若問心有愧，想解除良心的苛責，而採取彌補的行動時，英文中以**clear one's conscience**來表現。

- You didn't do anything wrong at the party. You should have **a clear conscience**.
  你在宴會上沒做錯什麼事，不用覺得良心不安。
- I knew I might get into trouble if I went to the police but I had to do it to **clear my conscience**.
  我知道如果去找警察可能會惹上麻煩，但是這麼做我才能問心無愧。

a clear conscience的相反詞是**a bad conscience**，**have a bad conscience**是「良心感到愧疚」的意思。

- He **has a bad conscience** about his love affair. That's why he always buys expensive jewelry for his wife.
  他對自己的風流事感到良心愧疚，那就是為什麼他老是買貴重的珠寶給他太太的原因。

20 決心的表現(1)

日常生活中我們常會做make a decision, make up one's mind等行為。不論是想要努力實現自己心目中的理想或是礙於現實而被迫放棄夢想，兩方面都應該可以說與「有著某種想法，且決定就這樣去做」有關吧。其實，「決定去做」和「實現」之間也還有一大段距離，並非那麼容易就能做到，這種情況下最需要的就是be determined to～（下定決心做～）這樣的心理狀態吧。

❖ 下定決心的心理狀態

講到下定決心的心理狀態，**be determined to**～應該是最常使用的說法吧。

- I'**m determined to** enjoy every minute of the vacation.
  我下定決心要享受假期的每一刻。

此外，還有**be intent on**～的說法，這個用法特別用在其他人並不很認同你下定決心要做的事的時候。

- He'**s intent on** a confrontation. Nothing can persuade him otherwise.
  他下定決心對抗到底，什麼都說服不了他。

Wife: Honey, can't you come in and have dinner yet? You've been working in that garage all afternoon.

Husband: Gosh. Time really flies when you're absorbed in something exciting.

Wife: And that "something exciting" beats out dinner?

Husband: Well, not really, but it's just that I'm on the verge of a breakthrough here and I'**m determined to** see it happen.

Wife: A breakthrough on what?

Husband: I've created a fuel that I can use to fly my airplane as I'm travelling around the country! It's revolutionary and environmentally friendly.

譯

太太：老公，你還不進來吃晚餐嗎？你已經在車庫工作一整個下午了。

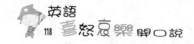

先生：真是的！當你專心做一件令你振奮的事情時，時間過得真快。

太太：「令你振奮的事情」讓你興奮到不用吃飯啦？

先生：嗯，也不是啦，只是就快有所突破了，我決定要做出來。

太太：什麼東西快要有所突破了？

先生：我已經研發出一種燃料，可以讓我在國內旅行時，用在我的飛機上，是革命性的發展，而且也很環保。

❖ 必須努力才能達成的決心

英語表現的有趣之處就在於它的多樣性。連「下定決心」

也會因為表現的不同而有程度上的差異性，可千萬疏忽不得。當想要表現出所下定的決心，必須要非常努力才能達成時，**set one's mind on**～是經常被使用的說法。

TRACK No.50

Student: Mr. Barnes, I'd like your advice on something...my dream is to go to a Third World country after graduation and work teaching children.

Teacher: That's a fabulous goal, Michiko.

Student: Thank you. But recently, I've been worrying a little and wondering if I really have what it takes.

Teacher: Michiko, I've observed you for years, both as my student, and in the speech club. You have tremendous determination. You'll be successful at anything you **set your mind on**.

譯

學生： 巴老師，有些事我想聽聽你的意見…我的願望是畢業以後到第三世界的國家，去教那邊的孩子們。

老師： 美智子，那是很了不起的目標。

學生： 多謝誇獎，不過我最近有點擔心，在想自己是否夠格。

老師： 美智子，妳是我的學生，又在辨論社裡，我觀察妳已經很多年了，妳有非常堅定的意志力，只要是妳下定決心想做的事情，一定會成功的。

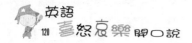

❖ 不惜動武的決心

接下來要介紹一個較為口語的表現：**I mean business.**。字面上雖然是「我打算依商業上的慣例來做」，但實際上卻是傳達「我是非常認真的！無論如何我都打算這樣做」的意思。特別是輕視對方的情況下，經常使用這樣的講法。

TRACK No.51

Mother: Harold, I'm not calling you in here one more time. It's after dark and you've been in that tree house all day!

Son: Coming, mom.

Mother: I'm waiting! You haven't done any chores today, no homework, and now it's dinnertime. Get in here now. **I mean business**, young man.

Son: I'm cleaning up, mom. Just give me another minute.

譯

母親：哈洛德，這是我最後一次叫你進來，天都黑了，你已經在樹屋玩了一整天了。

兒子：我很快就下來了，媽。

母親：我在等你喔！你今天都沒做任何家事，也沒做功課，已經到了要吃晚飯的時間了，你馬上給我進來！小子，我是說真的！

兒子：我在整理了啦，媽，再給我一分鐘。

相信大家都可以從上面母親與孩子的對話中感受到I mean business. 的壓迫力。依 *Longman Language Activator* 辭典的說明，I mean business. 是「即使令對方受傷也要貫徹自己的意志」，具有徹底執行決心的強烈表現。因此，若有人這樣對你說的話，最好老實一點，乖乖照做可能是比較好的方法。

❖ 具有決斷力的個性

《**determined**》

形容詞determined用以形容人的個性時，表示有一旦決定要做某件事，就絕不會輕言放棄的特質。

- Not many women went to college in those days, much less blind and deaf women. But Helen Keller was a very **determined** person.
  當時，接受大學教育的女性並不多，尤其是視障和聽障的女性更是少見，但海倫凱勒是意志很堅定的人。

《**single-minded**》

形容詞single-minded用以形容人的個性時，是指一旦訂定目標，就會專心致力地朝這個目標邁進的人。就如同字面意思所表達出來的，是「一心一意地做某件事」的意思。

- You have to be determined and **single-minded** to make it in the world tennis scene.
  要在世界網壇嶄露頭角，你必須意志堅定、全心全意。

21 決心的表現(2)

決心從若無其事地「暗下決心」到「賠上性命也一定要完成」這樣強烈的意志，其實有著各種不同的程度。我們在前一章已經說明過「不惜動用武力」的 I mean business.，接下來，我們還要介紹手段更為激烈的stop at nothing to～ 等。此外，也要介紹一下「堅定的決心」，這個用法是用狗兒(dog)的意象來表達喔！還有教你如何形容人「頑強、不屈不撓」的特質。

❖ 怎麼也阻止不了的決心

「為達目的，不擇手段」這樣程度強烈的決心若以形容詞來說的話，應該就是**ruthless**吧。若要更具體地形容的話，也可以用**by fair means or foul**「不論是用正當的或不正當的手段」如此堅決的講法。而**stop at nothing to**～這樣的講法也可以表示做了不顧一切的決定，帶有「即使手段不正當或是會傷害他人亦在所不惜」的語感。

TRACK No.52

Wife: Oh, I can't stand it when that woman is around!

Husband: Who're you talking about?

Wife: You know...Carolyn-looking-for-a-rich-man-to-marry-MacGreggar.

Husband: Oh, her. Did she seem to have any success tonight? Come to think of it, she was monopolizing Harold.

Wife: Ned, mark my words, Harold is a doomed man. Carolyn will **stop at nothing to** get what she wants and she wants Harold's bank account.

Husband: Don't be so cynical. Let's just wait and see.

太太：喔！那女人在附近出現時真是讓人受不了。

先生：妳在說誰啊?

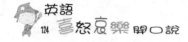

太太：你知道的…，就-是-那-個-想-要-釣-金-龜-婿-的-卡-洛-琳-・-麥-奎-格-啊!

先生：哦！她啊！她今晚有沒有成功？想想看，她一直纏著哈洛德不放耶!

太太：奈德，注意聽著，哈洛德是在劫難逃了。卡洛琳將會不擇手段地得到她想要的，就是哈洛德的銀行存款。

先生：別這麼諷刺，我們等著看吧。

會話中出現加上連字號的Carolyn-looking-for-a-rich-man-to-marry-MacGreggar，是一種戲謔式的說法，用以強調事情絕對是如此沒錯，她就是這樣的人。

❖ 最後終於決定的表現

若要表現出「經過仔細考慮，最後終於下定決心做～事」

這樣的狀況時，最合適的說法應該是**make up one's mind**。

- Finally I **made up my mind** to quit school and work to support my family financially.
  最後，我下定決心休學，工作以幫忙家計。

對某事猶豫不決的人，你也可以用祈使語氣這樣對他說：

- **Make up your mind**.

❖ a dogged determination

當我看到**dogged**這個字時，腦海中總會浮現dog的印象。至於對狗兒存有怎樣的想像，其實會因文化的不同、個人的差異而有不一樣的想法。英文中的dogged這個字根據*Longman Language Activator*辭典的解釋，這個字是用以表示「不論事情是如何地困難，要花多少時間，過程中會碰到怎樣的阻礙，都想把它完成」的決心，是用來描述態度或行為的用語。常見的搭配用法是**a dogged determination**或是**a dogged persistence**等。

TRACK No.53

Male Teacher: Mrs. Laker, I want you to know how very impressed I am with your son. He has been improving remarkably in every area.

Mrs. Laker: He does seem to be enjoying your class. I'm so glad you feel he's doing well.

Male Teacher: He has such an intensity and a

dogged determination to master whatever is presented in class. He's a real inspiration to the other students.

Mrs. Laker: My, I'm glad to hear that.

Male Teacher: He's a real joy to teach.

Mrs. Laker: Thank you, Mr. Walker. He's always seemed so hyper to me. I wasn't sure if he was able to harness his energy in a productive way in class.

譯

男 老 師：萊克太太，我想讓妳知道妳的兒子令我印象非常深刻，他在每方面都有相當卓越的進步。

萊克太太：他好像很喜歡上您的課，我也很高興聽到您覺得他表現不錯。

男 老 師：他十分專注，而且有堅定的決心想徹底學會課堂上所教的，令其他的學生深受鼓舞。

萊克太太：哎呀，聽到您這樣說我真是高興。

男 老 師：教他是一件快樂的事。

萊克太太：謝謝你，沃克老師。我覺得這個孩子似乎總是精力旺盛，我之前還擔心他是否能夠有效地將精力轉移到功課上呢。

此外，還有**steadfast**這個形容詞，這個字也和dogged一樣可以用來描述態度或行為，雖然steadfast也表示堅定的決心，但這個字通常用來表示對某個人或某件事物一片忠誠，絕不會輕易變節的堅定意志。

- Her **steadfast** belief in him never left her for one moment.

　　這句話直譯的話，就是「她對他的堅定信賴，一刻都沒離開過她身邊」，也就是「她一直都非常地相信他」的意思。這樣大家能體會這個字的意思了吧。

　　此外，意義與dogged相近的還有**stubborn**這個單字，學過這個單字的人，或許直覺地就會聯想到「頑固的、固執的」等意思。一講到「頑固」，大家可能都會認為「頑固」是用來形容人的個性的，跟決心一點關係也沒有嘛！但是，這個字卻可以用來形容人「對於他人的評論不輕易屈服」的決心，具有「頑強的、不屈不撓的」的語意。我們來看下面的例句：

- People showed a **stubborn** resistance to the plans for a nuclear power station in the town.
  鎮上的居民對當地興建核電廠的計劃進行頑強的抗爭。

　　這樣大家就能體會這個字的語感了吧，在描述類似上述的情形時，stubborn通常用於opposition或resistance等名詞之前。

22 決心的表現(3)

立下堅定的決心想要實現某件事情時，最重要的就是意志力。接下來，我們將介紹by sheer willpower是用在怎樣的情況下，以及其使用方法。此外，我們還要介紹用來形容持續不懈的意志力，不管碰到怎樣困難的狀況，也能不灰心、絕不輕言放棄的persevere。

有人毅力堅定，相反地，當然也會有人喜歡冷淡地對他人的決心潑冷水，我們也要教你這種行為的英文說法。

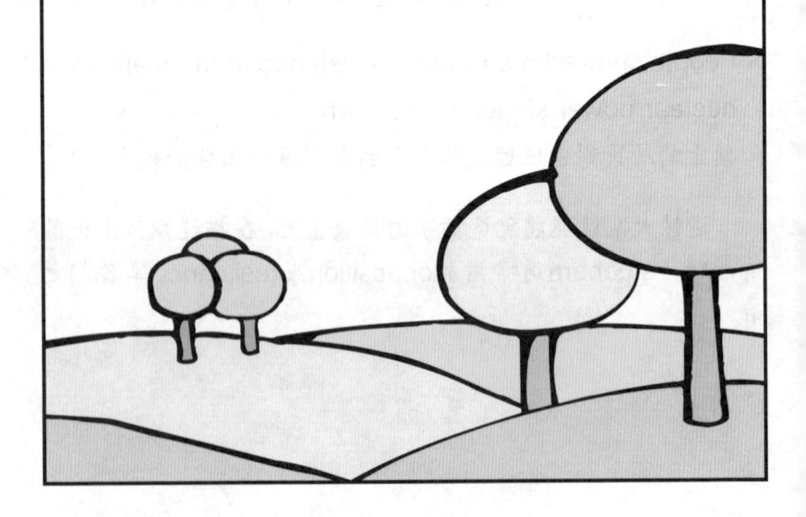

❖ by sheer willpower

要將決心這樣抽象的東西變成真實，唯一能仰賴的方法，恐怕只有「意志力」吧。英文中稱「意志力」為willpower，在大家認為不可能做到的情況下，「全憑著一股強烈的意志力」堅毅地完成了某件事時，就可以用**by sheer willpower**這樣慣用的表現。sheer這個字是「全然的，十足的」的意思，通常用以強調語意。接下來我們來聽聽兩個朋友之間的對話。

TRACK No.54

Friend A: Hey, I'm planning on climbing Mt. Fuji this summer...want to come along?

Friend B: That sounds like a great idea. I've always wanted to climb, but never got around to it. Do I have to start jogging or something to get into shape?

Friend A: Well, that depends on how fit you are. Children and the elderly make it to the top. I was inspired by my friend, who got to the top last year even though he has only one leg.

Friend B: Wow. How did he do it?

Friend A: **By sheer willpower** and determination, I imagine. He shows us how we can accomplish whatever we set out to do.

Friend B: Wow! I think I'll use this opportunity to really get into shape.

譯

朋友A：嘿，我打算今年夏天去爬富士山…，要不要一起去？

朋友B：聽起來很不錯，我一直都很想爬富士山，但都沒有真的去做，我要不要開始慢跑或做什麼其他的運動來鍛鍊體能？

朋友A：那就要看你的體能如何了，老人跟小孩都能爬到山頂，我也是受到我朋友的鼓舞，他只有一條腿，但去年還是爬上了山頂。

朋友B：哇！他怎麼辦到的？

朋友A：我想，全憑一股意志力和決心吧。他讓我們瞭解，只要下定決心，什麼都可以實現。

朋友B：哇！我想我得趁這個機會好好鍛鍊一下自己。

❖ persevere

「下定決心」根本不是什麼困難的事，就如同「決心戒菸有什麼難的，我已經下定決心戒菸好幾百次了」所說的，真正困難的並不在於下定決心要做某事，而是在實行的過程中必須克服的各種困境。在碰到困難的時候，還是繼續努力、絕不放棄的態度就是**persevere**。接下來，我們來聽一對夫妻在談論有關他們的孩子的對話。

TRACK No.55

Wife: It just breaks my heart to watch how doggedly Kevin **perseveres** with baseball practice. He just doesn't seem to have any natural ability.

Husband: Well, natural ability isn't everything. You know, they say: "Success is 10% inspiration and 90% perspiration." He sure knows how to keep at it.

Wife: Yes, but don't you think he's too old to be seriously considering going for the pros?

Husband: I think he should consider whatever inspires him. Didn't you hear that the football hero of the Super Bowl and the most valued player was bagging groceries at a store five years ago?

Wife: I guess I see your point. I suppose we mothers always want to protect our children from failure.

Husband: Then you may be preventing them from achieving success.

譯

太太：看到凱文這樣不屈不撓地練習棒球，真是讓我心疼，他好像就是沒有這方面的天賦。

先生：嗯，天賦不是一切，妳應該聽說過：「成功是百分之十的天才，加上百分之九十的努力。」，凱文只是確切瞭解到他該怎樣努力罷了。

太太：話是沒錯，可是你不覺得他現在才認真考慮當個職業選手，不會太老了嗎？

先生：有什麼真正想做的事情就應該去做。妳應該聽過那位被選為超級盃最有價值的足球選手吧？他五年前還只是在商店裡幫忙裝袋呢。

太太：我明白你的意思了，我想我們做母親的，總想要保護小孩，讓他們不要失敗。

先生：那也有可能就會妨礙他們成功。

❖ break one's spirit

這一篇最後我們要教大家另一個相反的表現，那就是對他人的決心澆冷水、使對方提不起勁的**break one's spirit**。若要以英文更仔細說明的話就是make someone lose one's determination。

TRACK No.56

Mother: Doctor, you've had time to observe my 3-year-old son playing at the nursery school. What do you think we can do about his aggressive and unruly behavior?

Doctor: Well, Mrs. Barnes, he is clearly not socializing well with others yet. It's a delicate situation. We want him to learn to control himself and understand how his actions hurt and frighten others, but we don't want to **break his spirit**.

Mother: How can we possibly achieve both those goals?

Doctor: The key is to set up a time-out for the anti-social behavior, where he must sit on the stairs and watch the others happily interact.

譯

母親： 醫生，你已經看過我們家三歲兒子在托兒所玩耍的情形了，對於他攻擊別人、不守規矩的行為，您覺得我們該怎麼辦？

醫生： 嗯，巴太太，看起來他完全無法跟其他人良好地互動。這是很微妙的狀況，我們希望讓他學習自我控制，知道他的行為會傷害及驚嚇到其他人，但又不想打擊他的信心。

母親： 那我們要怎樣才能做到這兩點呢？

醫生： 關鍵就在於當他出現反社會行為時，就暫停他的活動，他得坐在樓梯上看其他人快樂地互動。

23 放輕鬆的表現(1)

不論是在工作上感到極大壓力的情況下，或是希望提高工作效率的情況下，「放輕鬆」的行為及精神狀態都是必須的，英文裡也有relax, comfortable, ease等說法。

相反地，若是無法放鬆，精神一直處於緊繃的狀態，則可以用ill at ease來形容。只要熟記這兩種情況下的表現方式，使用起來就能得心應手。此外，還要提醒大家注意，不要把relaxing跟relaxed搞混了喔。

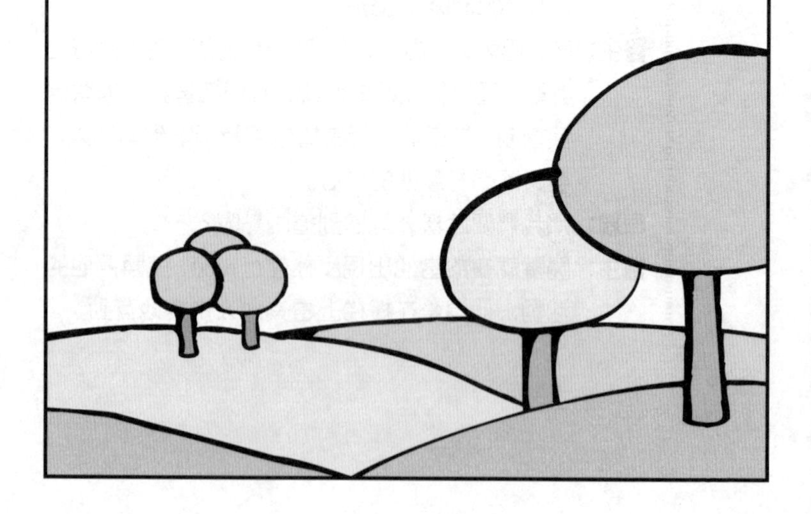

❖ feel [be] relaxed

最近，經常將relax這個字掛在嘴邊的人似乎變多了。雖然中文裡也有「放輕鬆」這樣的講法，但是中文裡的「放輕鬆」並不光是用來形容心情，也可以用來形容姿勢或坐姿等，這一點跟英文中的**feel [be] relaxed**並不是那麼地全然吻合。

國際間每四年就會舉辦一次奧林匹克運動會，要取得勝利的關鍵就是「放鬆心情」，以平常心應戰，也已經是大家都瞭解的常識了。下面我們來看看《*Cobuild*英英辭典》所下的定義。

When you are relaxed, you feel less worried and more calm.

的確，若能做到「不擔心，心情平靜」，就能夠將實力發揮到最極限吧。

TRACK No.57

Mary: Neil? Is that you sipping a cup of coffee? You look like you don't have a care in the world.

Neil: Guilty as charged!

Mary: How do you do it? Honestly! You've got a major speech to give for an audience of 500 in...oh, let's see...another 12 minutes.

Neil: Time to move along, I guess.

Mary: I wish I could take lessons on how to **be** as **relaxed** as you are. It would make my life so much easier.

Neil: Well, I might have time right now to give you

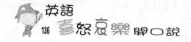

Lesson Number One...

Mary: Neil, you're pushing it!

Neil: Lesson Number One is, "Don't make things too important!"

Mary: Neil! This is important! Let's go.

譯

瑪麗：尼爾，你怎麼還有心情喝咖啡？你看起來一副毫不在乎的樣子。

尼爾：沒錯啊，就像你說的。

瑪麗：老實說，你怎麼做到的？你待會還要對五百位聽眾有一場重要的演講，時間只剩…我看看…只剩十二分鐘了耶。

尼爾：那我想我該過去了。

瑪麗：我真希望我能跟你學學放輕鬆的方法，這樣我的生活就能輕鬆多了。

尼爾：嗯，我現在或許就有時間可以教你放輕鬆的第一課…。

瑪麗：尼爾，你別一時興起過了頭！

尼爾：第一課就是：「不要把事情看得太重要！」
瑪麗：尼爾！這場演講真的很重要，我們快走吧！

❖ at ease with～, ill at ease with～

at ease with～的表現方式，從ease的角度來想，應該就能瞭解它所表示的是「心境很舒暢、精神一點也不緊繃」的狀態。**be comfortable with**～也是與此類似的表現方式，為「不刻意做作、就照一般的樣子、維持平常的心態」之意。**ill at ease with**～則是與上述情形相反的表現，接下來我們就來看看實際使用的例子。

TRACK No.58

Husband: Hey, Carolyn! I just got a call from my folks. We've been invited over for dinner tonight!

Wife: Oh...I see...well, I had planned on serving your favorite porkchops tonight.

Husband: No problem. Pack them up and cook them over at Mom's. I'm sure she'd appreciate the contribution.

Wife: Uh, OK...I guess I could do that...

Husband: Gee, you don't sound too excited...

Wife: I'm sorry, Alan...you know I love your folks. It's just that...well, I feel really **ill at ease with** your Dad. He's such an intellectual. I always feel like a moron around him.

Husband: Carolyn, sweetie, you're not a moron, and you know he knows that. He just gets going trying to impress you.

Wife: Is that what it is? Well, in that case I guess I could relax a little and maybe not get my foot stuck in my mouth this time.

Husband: You'll be fine. Just let him know his intellect wows you.

譯

先生：嘿，卡洛琳！我剛接到我爸媽的電話，約我們今晚過去吃晚飯！

太太：喔…這樣啊…，我今天本來還想弄你最喜歡吃的豬排。

先生：好啊好啊，那我們把肉打包帶過去媽那邊煮，她一定很高興的。

太太：嗯，好吧…，應該可以…。

先生：怎麼啦，聽起來不是很高興…。

太太：不好意思，艾倫…。你知道的，我是很喜歡你爸媽，只不過…，嗯，跟你爸在一起我覺得很不自在，他是那樣聰明的人，在他旁邊我覺得自己就像個低能兒一樣。

先生：親愛的卡洛琳，妳才不是低能兒呢。我爸也知道妳不是啊，他只是處處想讓妳留下好印象罷了。

太太：真的是這樣嗎？這樣的話我想我可以放輕鬆點，或許這次就不會說錯話了。

先生：沒問題的啦，妳只要讓他覺得妳很佩服他的聰明才智就可以啦。

對於妻子卡洛琳因父親處處顯示自己的聰明一事感到不安，丈夫艾倫以He just gets going trying to impress you.來安慰她。這裡的impress並不單純只是「令人印象深刻」的意思而已，還帶有「令對方敬佩」的意義在裡面。

同一句話中還有He gets going...的表現，這種說法在這裡給人「順著情勢一直不斷地進行下去」的感覺，情形就像下面這句話：The tough gets going when the going gets tough.（當情況變得更糟，暴徒就越橫行）所說的，是一樣的表現。

❖ relaxing 與 relaxed

relax這個字有「放輕鬆」之意的不及物動詞，和「使放輕鬆」之意的及物動詞兩種用法，因此，若要說「請你放輕鬆」，雖然在語法上用Relax yourself. 也沒有錯，但實際上並不這樣使用，一定得說成Relax.才行。

此外，必須特別注意的是從 relax 所衍生出來的relaxing與relaxed的用法。這兩個字都是從relax的及物動詞來的，relaxing是「令人放鬆的」之意，其用法如relaxing time（輕鬆愉悅的時光）、a relaxing massage（一個令人鬆口氣的消息）。

相對於此，relaxed則是「放鬆的」之意，其用法如 I am relaxed（我很輕鬆自在）。使用這個字時要注意的重點是：要成為relaxed狀態的主詞，一定得是「生物」才行。

24 放輕鬆的表現(2)

接下來，我們就來介紹一些「放輕鬆」較為經典的表現吧！在日益繁忙的現代生活中，大家能夠鬆一口氣、讓自己relax一下的機會也越來越少了，在這樣精神緊繃的情況下，盡量去接觸帶有laid-back感覺的人或場所能讓自己不自覺地放鬆下來。此外，不光是自己要放輕鬆，有時，適度地讓別人也感到輕鬆自在(make someone feel at home)也是必要的。

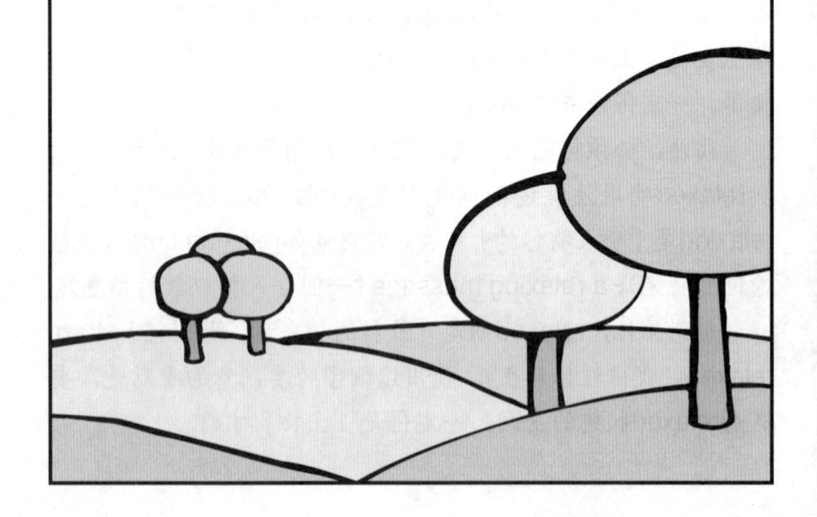

❖ laid-back

一開始講解這個字就借重字典的定義，我一直很猶豫是否真的要這樣做，但是因為《*Cobuild*英英辭典》對這個字的定義實在很完整，也很契合實際的感覺，所以就先用來向大家說明一下。

If you describe someone as **laid-back**, you mean that they behave in a calm relaxed way as if nothing will ever worry them.（如果你用laid-back來描述一個人，意思就是他們的行為平靜而悠閒，就像從來沒有任何事能令他們擔心一樣。）

看完上面的定義，想必大家對於laid-back這個形容詞的性質已經相當瞭解了，這樣的表現方式若以中文來說，應該相當接近「悠閒」的講法，但是它在用法上卻和中文的「悠閒」有些不同。

中文裡，我們沒有「悠閒的場所」這樣的講法，但是laid-back這個字卻可以有laid-back place這樣的形容方式，此外，laid-back也可以用來形容行為模式，例如：

- He believes in a **laid-back** approach.
  他相信悠閒的漸進方式比較好。

中文裡的「悠閒」似乎也能用來形容行為模式，但要用來形容場所可就不行了。接下來，我們就來聽聽兩位快要期末考的大學生之間的對話。

TRACK No.59

David: Hey, Alyson! You still studying?

Alyson: Well, what did you expect, 32 hours before finals?

David: I thought you'd be smart enough to take a break right now, with me of course, and then continue cramming to your heart's content.

Alyson: Right. Wish I had such an excess of free time.

David: C'mon. I'm serious. It's not good to stress out this far in advance of the big week...I know a really **laid-back** bistro...beer and quiet music...it's just the ticket to get your mind off this.

Alyson: But I can't afford to get "my mind off this"...I've really got to keep concentrating, and you are a major distraction. Now move along, please.

David: Alyson, I'm only doing this because I care for you and I'm older and you need to listen to my expert advice. It's time for a break.

Alyson: OK, OK, I'll give you 45 minutes.

譯

大　衛：嘿，愛麗森！還在唸書喔？

愛麗森：嗯，不然你以為我能幹麼？再過三十二小時就要期末考了。

大　衛：我覺得妳很聰明啊，現在就可以稍微休息一下，當然是跟我一起囉。然後妳愛怎麼唸就可以怎麼唸。

愛麗森：是啊，真希望我有多餘的閒功夫。

大　衛：別這樣嘛。我是說真的。在大考還那麼久之前壓力就過大不太好…，我知道有一間氣氛很悠閒的酒館…啤酒配上輕柔的音樂…這正可以讓妳放鬆心情。

愛麗森：但是我實在沒時間放輕鬆…，我真的得專心唸書了，你太會讓我分心，麻煩請你離開。

大　衛：愛麗森，我這樣做是關心妳。而且，我比妳年長，妳也要聽聽我這個過來人的建議，該休息一下了。

愛麗森：好吧，好吧，給你四十五分鐘的時間。

❖ let one's hair down

let one's hair down就字面來看的話是「把頭髮放下來」，所衍生的意義則是「放輕鬆」的意思。不把頭髮綁起來，任由長髮披肩，不正是假日時輕鬆的表現嗎？接下來，我們就來看一段日本學生正子與寄宿家庭的父親之間的對話。

TRACK No.60

Father: Masako, tomorrow after church, we'll all hurry and change out of our Sunday best...

Masako: Sunday best?

Father: You know our nicest clothes, and we are going to have a picnic and softball game.

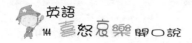

Masako: Oh. So what should I wear?

Father: Well, blue jeans are fine. It'll be fun because everyone gets a chance to **let their hair down**.

Masako: Their "hair down"?

Father: (*laughing*) Yes. It's an expression that means, be informal and casual.

譯

父親：正子啊，明天去完教會之後，我們要趕快換上Sunday best...。

正子：Sunday best?

父親：就是最好看的衣服。然後我們要去野餐，順便去打壘球。

正子：這樣啊，那我應該穿什麼?

父親：嗯，藍色牛仔褲就可以了，到時候很好玩，大家都可以let their hair down。

正子：Their "hair down"?

父親：（笑）是的，這句話就是不拘謹、隨性的意思。

Sunday best也可以說成Sunday clothes。相對地，everyday clothes [wear]則如字面意義所顯示的，是每天穿的衣服，也就是平常的衣服的意思。

我們通常對於披散著頭髮就出現在其他人面前的行為會覺得不好意思，之所以這樣，是因為我們害怕他人的批評，也怕遭他人的白眼及指指點點。在完全了解這一切的情況下，對自己說：「嗯，算了。輕輕鬆鬆最好，才不管別人怎麼說呢」，這樣的心情，正是let one's hair down的最佳寫照。

❖「使人輕鬆自在」的表現

《make someone feel at home》

這個慣用法簡單地說就是「使放輕鬆」。使用時需兼顧字面意義，就是「使人就像在自己家中一般舒適自在」的意思。

- I tried to **make her feel at home**, but she couldn't relax and left.
  我試著讓她把這裡當成自己的家，可是她就是沒辦法放鬆心情，只好離開。

《put someone at ease》

at ease用於指「痛苦消失的狀態」。這個字用於形容「使人安心、自在」的狀態時，帶有「不管當時有著怎樣的痛苦，都盡力讓人放鬆心情」的語感。

- I did my best to **put her at ease** before the operation.
  她手術之前我盡量讓她放鬆心情。

索　引

That's it!

就是這句話！

語言就是要天天練才會順口，而且從越簡單的句子著手越有效。
簡單、好記正是本書的一貫宗旨。
我們知道你有旺盛的學習慾，但是有時候，心不要太大，把一句話練到熟就夠用了！

英語大考驗

想知道你的文法基礎夠紮實嗎？你以為所有的文法概念老師在課堂上都會講到嗎？由日本補教界名師撰寫的《英語大考驗》提供你重新審視的機會，不管是你以為你已經懂的、你原本不懂的，還是你不知道你不懂的問題，在這本書裡都可以找到答案！

打開話匣子
——Small Talk一下！

你能夠隨時用英語與人Small Talk、閒聊一番嗎？有些人在正式的商業英語溝通上應對自如，但是一碰到閒話家常，卻手足無措。本書針對此問題，教你從找話題到接話題的秘訣，讓你打開話匣子，輕鬆講英文。

輕鬆高爾夫英語

因為英語會話能力不佳，到海外出差或出國旅行時，不敢與老外在球場上一較高下嗎？
本書忠實呈現了球場上各種英語對話的原貌，讓你在第一次與老外打球時，便能應對自如！

掌握英文寫作格式

本書除了具體地以例句介紹標點符號的使用之外，還有其他實用的寫作法則，並傳授如何使句子簡潔的秘訣，是初學寫作者最佳的參考手冊。
幫助你精確掌握寫作法則，輕鬆寫出自然流暢的英文。

社交英文書信

商務貿易關係若僅止於格式化的書信往返，彼此將永遠不會有深層的互動。若想進一步打好人際關係，除了訂單、出貨之外，噓寒問暖也是必須的。本書特別針對商業人士社交上的需求而編寫，提供你最佳的社交英文書信範例，千萬不可錯過。

國家圖書館出版品預行編目資料

英語喜怒哀樂開口說 / 大內博, 大內ジャネット著;
何信彰譯.－－初版一刷.－－臺北市；三民，2003
面；　公分
含索引
ISBN 957-14-3709-3　(精裝)

1. 英國語言－讀本

805.18　　92000543

網路書店位址　http://www.sanmin.com.tw

©　英語喜怒哀樂開口說

著作人　大内博　大内ジャネット
譯　者　何信彰
發行人　劉振強
著作財產權人　三民書局股份有限公司
臺北市復興北路386號
發行所　三民書局股份有限公司
地址 / 臺北市復興北路386號
電話 / (02)25006600
郵撥 / 0009998-5
印刷所　三民書局股份有限公司
門市部　復北店 / 臺北市復興北路386號
重南店 / 臺北市重慶南路一段61號
初版一刷　2003年3月
編　號　S 80428-1
基本定價　肆元貳角
行政院新聞局登記證局版臺業字第〇二〇〇號

有著作權・不准侵害

ISBN　957-14-3709-3　(精裝)

大內 博（Ohuchi Hiroshi）
1943年出生於日本福島縣，上智大學外語學院英文系畢業。曾在夏威夷州立大學研究所攻讀ESL的學位。
目前擔任玉川大學教授。

大內 ジャネット（Ohuchi Janet）
1949年出生於美國加州，太平洋大學人類學系畢業。
目前擔任青山學院大學、都留文科大學講師。

CD內容（共60個Track）

Track 1　書名介紹
Track 2~3　喜悅的表現
Track 4~5　悲傷的表現
Track 6~8　羞恥的表現
Track 9~11　緊張的表現
Track12~14　吃驚的表現
Track15~20　懼怕的表現
Track 21~23　覺得被攻擊的表現
Track 24~31　生氣的表現
Track 32~34　羨慕的表現
Track 35~38　惡意的表現
Track 39~44　笑與幽默的表現
Track 45~46　後悔的表現
Track 47~48　罪惡感的表現
Track 49~56　決心的表現
Track 57~60　放輕鬆的表現